英 文 不 難

(二)

齊　　玉　編著

三 民 書 局 印 行

國家圖書館出版品預行編目資料

英文不難(二) / 齊玉著. － －初版三刷. － －臺北市；
三民，民90
　　面；　　公分
　　ISBN 957－14－2234－7　（平裝）

1. 英國語言

805.1　　　　　　　　　　　　　　　　84006348

網路書店位址　http://www.sanmin.com.tw

ⓒ　英文不難（二）

著作人　齊　玉
發行人　劉振強
著作財
產權人　三民書局股份有限公司
　　　　臺北市復興北路三八六號
發行所　三民書局股份有限公司
　　　　地址／臺北市復興北路三八六號
　　　　電話／二五〇〇六六〇〇
　　　　郵撥／〇〇〇九九九八——五號
印刷所　三民書局股份有限公司
門市部　復北店／臺北市復興北路三八六號
　　　　重南店／臺北市重慶南路一段六十一號
初版一刷　中華民國八十四年八月
初版三刷　中華民國九十年八月
編　號　S 80121
基本定價　伍　元
行政院新聞局登記證局版臺業字第〇二〇〇號

有著作權，不准侵害

ISBN　957－14－2234－7（第二冊：平裝）

序

　　天地間，凡是人所「製造」（較恰當的說法應是「組合」）出來的東西都不難理解，都容易學習；但是由「天」（或稱為「神」）所創造出來的一切事物，無論鉅細，都不易理解，更不容易學習。我們對路邊的一朵小花是如何成長、如何開花都無法了解，更不用談點點繁星是如何「掛」在天空了。

　　語文是人類傳達思想的工具，是人所創作出來的。英文是世界較為通用的語文，自不例外，也是人所創作出來的產物。既是由人所作，當然就容易理解，不難學習，所以本書的前身《英文不難》（*English is not difficult*）就以「不難」為書名，本書也仍以「不難」命名為《英文不難（二）》（*English is not difficult*（Ⅱ））。

　　有一句英文格言說得好：

Give a starving man a fish and you have satisfied him for a single day. Teach him how to fish, and he will never starve again.

　　（給饑者魚吃，只能滿足他一天。教他如何釣魚，他就永不會再挨餓了。）

　　這是《英文不難》一書編寫的理念。如今既已會釣魚，還希望釣更大更多的魚，這便是本書《英文不難㈡》編寫的動機。

　　國人學英文，常遭遇到一些觀念上的困擾，例如以時式（tense）而言，英文有五大基本句型，即①現在式、②過去式、③完成式、④

進行式和⑤未來式，若以最簡單的文句説明，可寫成①He eats a pear. ②He ate a pear. ③He has eaten a pear. ④He is eating a pear. ⑤He will eat a pear.現在我們若看到一句所謂「過去未來完成式」，一般都會感到不知所云，怎麼可能過去與未來相碰？在時間的流裡，過去已是成空，而來者尚未可追，怎會扯在一起？而且又來了一個完成式，形成過去未來完成式，直叫國人如墜五里霧中，一片茫然。這句英文是 He would have eaten a pear. 何時用這類的句子？只要把基本的觀念摸清，在本書中第7章不難找到説明。

　　在學習英文的過程中，最忌諱先死背文法公式。較好的方法是先從基本的句型著手，熟讀一二基本句型，其餘類似句型就可像代數一樣，將相對應的字或詞取代，即可信手寫來了，如此學習，方可收事半功倍的效果。例如 "make" 一字，有很多涵義，現就以「製造」，「使...」做説明：

He makes a mistake. （他犯了一個錯誤。）
He makes her happy. （他使她快樂。）

熟讀句子即可，不須背

　　S + V + O 或 S + V + O +C

S 為主詞，V 為動詞，O 為受詞，C 為補語。這些公式只好做參考之用。做為補語的字可為名詞、形容詞或動詞。例如 He makes her a queen. （他使她成為皇后。）He makes her laugh. （他使她笑。）另外像一個字 "become"，可接補語，此時補語只能是名詞或形容詞，不

能是動詞。

例如：

She becomes a queen. （她成為皇后。）

She becomes happy. （她變得快樂起來。）

但就不能說 She becomes laugh. （×）（她變為笑），當然不通。這類的句子勿需用公式（S＋V＋C）去背，只要弄清字義，用邏輯推理，就可寫出正確的句子來。

　　本書有關文法部分，盡量以淺顯簡單的例句或對話予以說明。對學英文最基本的八大詞類：名詞（noun），代名詞（pronoun），動詞（verb），形容詞（adjective），副詞（adverb），介系詞（preposition），連接詞（conjunction）和感歎詞（exclamation）之間的關聯在第 15 章有扼要的說明。子句包括名詞子句、形容詞子句和副詞子句，是句子的基石，在第 10～12 章中有詳細的說明。一般所謂 6W1H，即 who, when, where, what, which, why 和 how 是會話中不可或缺的疑問詞，幾乎所有的問句都要藉助於這七個疑問詞，在第 17 章中有實例說明它們的用法。

　　為了激發讀者學習英文的腦力，本書列舉有關 6W1H 之謎語，一方面可增進讀者的字彙，另一方面可提高學習的興趣。諺語格言是學好英文的一大利器，在第 23 章中所編寫的例句值得讀者熟讀背誦。在第 24 章裡，有若干篇精彩的短文和詩歌，尤其是胡適的「大鼻子歌」最受人歡迎，其英譯幾乎不曾見過，筆者在翻譯之時，得昔日美國友人皮慕華之助，在此特申謝意。

　　學英文是我從小就培養出來的興趣，教英文是我業餘的嗜好，編

寫英文書更是我課餘之暇的最愛。自從《英文不難》一書付梓之後，總認為還有補充加強的必要，乃開始編寫本書，歷經五年。我感謝內人給予我的精神鼓勵；子女們為我收集資料，畫插圖；楊玉華老師提供有關文與字的註釋；美國老師Danette Gay Frederiksen 小姐為我修飾有關假設句的用字。更要感謝三民書局劉董事長振強先生，由於他數十年如一日的辛勤耕耘，《英文不難(二)》這朵「書花」才有機會在他所開創的「文化園地」裡展辦開放。

編者謹識

民國八十四年六月廿六日

於臺南

英文不難（二）　　目次

第 *0* 章　句子組合之實例

　　在《英文不難》一書中，我們曾學過以下的句子，請看第（0–1）
～（0–4）四句：

$\triangle$ $\begin{cases}\text{The sun rises in the east.} & \text{（0–1）}\\ \text{The sun sets in the west.} & \text{（0–2）}\\ \text{A warm breeze blows from the south.} & \text{（0–3）}\\ \text{A cold wind blows from the north.} & \text{（0–4）}\end{cases}$

上面四句的中文意譯分別是

$\triangle$ $\begin{cases}\text{太陽在東方升起。} & \text{（0–5）}\\ \text{太陽在西方下落。} & \text{（0–6）}\\ \text{一陣微風從南方吹來。} & \text{（0–7）}\\ \text{一陣冷風從北方吹來。} & \text{（0–8）}\end{cases}$

但若要翻譯以下的句子

　　「在東方升起的太陽是黃色的。」　　　　　　　　　　　（0–9）

則可用關係代名詞或現在分詞，請看

　　$\triangle$ The sun which rises in the east is yellow.　　　　（0–10）

上句中有底線者乃用來形容 the sun 。在英文中，當做形容用的句子
要放在後面，跟中文正好相反，而且要用關係代名詞帶領。上面的句
子事實上是由兩句結合而成的：

　　$\triangle$ $\begin{cases}\text{The sun is yellow.}\\ \text{The sun rises in the east.}\end{cases}$

=The sun which rises in the east is yellow.

同樣的道理，我們可以翻譯下面的句子：

「在西方下落的太陽是紅色的。」

△ The sun which sets in the west is red. (0–11)

上一句其實是由以下兩句結合而成：

$$\triangle \begin{cases} \text{The sun is red.} & (0\text{–}12) \\ \text{The sun sets in the west.} & (0\text{–}13) \end{cases}$$

用同樣的句型結構，我們可以把下面的句子翻譯出來：

「從南方吹來的微風是溫暖的。」

我們先看上句中底線部分「從南方吹來的微風」不是句子，而是片語，這個片語是名詞片語，做爲整句話的主詞。我們可模仿上面兩個例子，即（0–10）與（0–11），將整句譯成

△ The breeze which blows from the south is warm.

用同樣的方法可翻譯下一句：

「從北方吹來的風寒冷刺骨。」

△ The wind which blows from the north is cold. (0–14)

用關係代名詞 "which" 引導的句子做爲形容詞之用，稱爲形容詞子句，這在以前曾經討論過。我們將上面分析的四句話重新再寫一次：

$$\triangle \begin{cases} \text{The sun which rises in the east is yellow.} & (0\text{–}15) \\ \text{The sun which sets in the west is red.} & (0\text{–}16) \\ \text{The breeze which blows from the south is warm.} & (0\text{–}17) \\ \text{The wind which blows from the north is cold.} & (0\text{–}18) \end{cases}$$

請注意上面四句中，每句都有一個關係代名詞 "which"。實際上，這個關係代名詞 "which" 還可省掉，但此時要注意："which" 省去後，緊

接著它的動詞要用分詞的形式來做形容詞之用，請看以下四句：

$$
\triangle \begin{cases}
\text{The sun rising in the east is yellow.} & \text{(0-19)} \\
\text{The sun setting in the west is red.} & \text{(0-20)} \\
\text{The breeze blowing from the south is warm.} & \text{(0-21)} \\
\text{The wind blowing from the north is cold.} & \text{(0-22)}
\end{cases}
$$

以上討論的只是英文句型的一小部分，詳細的分析可看第11章形容詞子句與形容詞片語。從英文句子的結構可以看出來，英文的句型與中文有很大的差異，在字的安排上有時是正好前後順序顛倒的，這一點在《英文不難》一書第37單元中有所說明。

我們舉一個簡單的例子來看東西語文的異同，例如講一句話：

「這個從中國來的人是一位老師。」

英文就要將字的順序調換過來：

△The man coming from China is a teacher.　（0-23）

若是英文照著中文的順序逐字去翻，寫出來的句子就令人捧腹了，請唸

△ The from China coming man is a teacher.　（×）

根本就是文法不通。說來奇妙，這句話德文的順序卻跟中文幾乎完全一致：（此句僅供參考用，略而不讀亦無妨。）

Der von China kommende Man ist ein Lehrer.　（0-24）

　（這從中國來的人是一位老師。）

中西語文有同有異，真是有趣極了。（請看（9-11）句）

文章是句子的組合，句子又是單字的組合。要先了解字的屬性，懂得字的排列先後，自可寫出正確的句子來。

第 *1* 章　五種基本句型的交錯變化

　　在《英文不難》乙書中，我們談過有關動詞的五種基本句型。現在以「做功課」（to do homework）為例，重新複習一遍：

　　△ I do my homework. （現在式）　　　　　　　　　　　　（1-1）

　　　　（我做我的功課。）

　　△ I did my homework. （過去式）　　　　　　　　　　　　（1-2）

　　　　（我做我的功課。）

　　△ I have done my homework. （現在完成式）　　　　　　　（1-3）

　　　　（我已經做了我的功課。）

　　△ I am doing my homework. （現在進行式）　　　　　　　（1-4）

　　　　（我正在做我的功課。）

　　△ I will do my homework. （未來式）　　　　　　　　　　（1-5）

　　　　（我將要做我的功課。）

上面的（1-3），（1-4），（1-5）句還可做進一步的變化，例如（1-3）句可改成過去完成式：

　　△ I had done my homework. （過去完成式）　　　　　　　（1-6）

只要將（1-3）句中的 have 改成 had 即可。同樣，（1-4）句也可改為過去進行式：

　　△ I was doing my homework. （過去進行式）　　　　　　　（1-7）

只要將（1-4）句中的 am 改成 was 即可。而（1-5）句中的 will 也可改

爲 would （will 的過去式）成爲過去未來式。〔註〕

△ I would do my homework. （過去未來式）　　　　　　　　　　（1–8）

　　上面（1–6），（1–7），（1–8）三句都是從五種基本句型演變出來的，只要能把握動詞的變化形式，這些句型的改變就易如反掌了。不過，要特別留神的是助動詞只有兩種變化：現在式和過去式，沒有過去分詞，也不能加 s，我們列舉幾個助動詞，供做參考：

現在式	過去式	過去分詞	
・can （能）	could	×	（1–9
・will （將）	would	×	（1–10
・shall （將）	should	×	（1–11
・must （必須）	must	×	（1–12
・may （可以）	might	×	（1–13

我們再看幾個一般有三變化的動詞：

現在式	過去式	過去分詞	
・tear （撕裂）	tore	torn	（1–14
・bear （忍受）	bore	born	（1–15
・dig （挖）	dug	dug	（1–16

牢記動詞的變化，對學好英文有莫大的幫助。其實，學英文像寫電腦程式一樣，要有邏輯推理的能力。另外還要熟記一些基本的指令，才能把程式寫得完整；而學英文也要熟記一些基本的規則，才能把英文句子寫得完美。

〔註〕聽起來似乎很奇怪，但卻很合理，以後在第 7 章裡會說明。

　　現在我們再回頭看（1–1）～（1–8）句的交錯變化，例如可將（1–3），（1–5）句組合成未來完成式：

　　△ I will have done my homework.（未來完成式）　　　　　　（1–17）
　　　（我將已經做完我的功課。）

　　我們也可把（1–4），（1–5）二句組合成未來進行式：

　　△ I will be doing my homework.（未來進行式）　　　　　　　（1–18）
　　　（我將正在做我的功課。）

　　也可將（1–3），（1–4）組合成完成進行式：

　　△ I have been doing my homework.（現在完成進行式）　　（1–19）
　　　（我已正在做我的功課。）

　　能否將（1–3），（1–4），（1–5）三種形式組合成未來完成進行式呢? 回答是肯定的，請看：

　　△ I will have been doing my homework.（未來完成進行式）（1–20）
　　　（我將已正在做我的功課。）

這或許是最複雜的一種形式了吧! 事實上，它是由五種基本句型中組合出來的，像七巧板能組合成不同的形狀一樣。

　　現在若再將（1–17）～（1–20）四句話做進一步的變化，把 will 改為過去式 would ，將 have 改為過去式 had，又可演變出另外四句話來：

　　△ I would have done my homework.（過去未來完成式）　　（1–21）
　　△ I would be doing my homework.（過去未來進行式）　　　（1–22）
　　△ I had been doing my homework.（過去完成進行式）　　　（1–23）
　　△ I would have been doing my homework.（過去未來完成進行式）
　　　　　　　　　　　　　　　　　　　　　　　　　　　（1–24）〔註〕

　　因此，由最基本的（1–1）～（1–5）句，配合動詞的變化，我們

就可得到（1–6）～（1–8）和（1–17）～（1–24）這麼多句子來。這些句子若是零零星星的去學去記，豈不令人心煩？如今，將它們系統化，有條不紊的利用邏輯推理去分析，學起來就容易多了。

至於這些句子該怎麼使用，就是本章要介紹的主要內容。請看以下的對話：（以 T 表 Teacher（老師），S 表 Student（學生）。）

> T: Do you do your homework every day?　　　　（1–25）
> （你每天做你的功課嗎？）
> S: Yes, I do my homework every day. 或簡單的回答為 Yes, I do.

> T: Did you do it yesterday?　　　　（1–26）
> （你昨天做嗎？）
> S: Yes, I did it yesterday. 或簡答 Yes, I did.

> T: Have you done it?　　　　（1–27）
> （你已經做了嗎？）
> S: Yes, I have done it. 或 Yes, I have.

> T: Are you doing it now?　　　　（1–28）
> （你現在正在做嗎？）
> S: Yes, I am doing it now. 或 Yes, I am.

> T: Will you do it tomorrow?　　　　（1–29）
> （你明天要做嗎？）
> S: Yes, I will do it tomorrow. 或 Yes, I will.

以上五種句型是非常簡單的，在《英文不難》乙書中已有說明。

〔註〕這些文法上的術語，例如過去完成式等等，都勿須死背，只要將五個基本句型讀熟，自然就會隨心所欲的組合了。

第 2 章　過去完成式

現在我們看過去完成式（第（1-6）句）的用法：「過去的過去」則用過去完成式，這話的涵義是：發生在一件過去的事情之前的另一件事，用過去完成式。舉例說明：

△ Before you came here last night, I had done my homework. （2-1）

（你昨夜來這裡之前，我已做完了我的功課。）

「你來這裡」（you came here），是過去的事，而我做完功課是在「你來這裡」之前，所以要用過去完成式：I had done my home-work.

類似這種情形的例子多得不勝枚舉，例如「在他抵達美國之前，她已動身到英國去了。」

△ Before he arrived at America, She had left for England. （2-2）

「她動身到英國」發生在「他抵達美國」之前，這便是「過去的過去」，所以要用過去完成式。

其他的例子如：

△ When I arrived at the station , he had already gone home. （2-3）

在我到達車站之前，他已回家了。他回家的動作發生在我抵達車站之先，所以用過去完成式。

△ When I got home, I found that someone had broken into my garage and had stolen my new car. （2-4）

「破門而入」及「偷走我的新車」是發生在「我回家」之前，所

以用過去完成式。

　△My son didn't want to come to the cinema with us because he <u>had</u>
　already <u>seen</u> the film three times. （2–5）

　「這部影片他看了三次」，此事發生在「他不想跟我們同來電影
院」之前，所以用過去完成式。

　△It was his first time in an airplane. He was very nervous because he
　<u>had</u> not <u>flown</u> before. （2–6）

　他從未飛過，這是他首次乘飛機，所以用過去完成式。（他「未
曾飛過」發生在「第一次坐飛機」之前，過去的過去，須用過去完成
式。）

　　看完上面的過去完成式之後，我們再看以下的例句，請仔細比
較：

現在式與現在完成式	過去式與過去完成式	
I <u>am</u> not thirsty.　I <u>have</u> just <u>drunk</u> water. （我不渴。我已喝過水了。）	I <u>was</u> not thirsty.　I <u>had</u> just <u>drunk</u> water.	（2–7
The room <u>is</u> dirty.　We <u>have</u> not <u>cleaned</u> it for years. （房間很髒。我們幾年沒清掃了。）	The room <u>was</u> dirty.　We <u>had</u> not <u>cleaned</u> it for years.	（2–8

第 3 章　過去進行式

在日常生活中，我們常常用到進行式，例如「你現在正在做什麼？」

△ What are you doing now?　　　　　　　　　　　　　　(3–1)

I am learning English.

這屬於現在進行式。

若是我們說：「他們昨天下午3:30在做些什麼？」或「當我昨天看到他的時候，他正坐在草地上讀書。」這些都是過去進行式的例子，上兩句是：

△ What were they doing at 3:30 in the afternoon yesterday?　(3–2)

△ When I saw him yesterday, he was sitting on the grass and reading a book.　　　　　　　　　　　　　　　　(3–3)

在我們談話中，常用到過去進行式，而我們卻不覺得那是進行式，例如：

△ He burnt his fingers when he was cooking the lunch.　(3–4)

（他在煮中飯時，燙到了手指頭。）

△ It was raining hard when I got up.　　　　　　　　(3–5)

（我起床時，雨下得很大。）

△ While my uncle was working in the garden, he hurt his back.

　　　　　　　　　　　　　　　　　　　　　　　(3–6)

（我叔父在花園工作時，傷了他的背。）

　　也就是在甲事情正在進行的時候（是過去），乙事情發生了，則甲事情用過去進行式。

　　何時用過去進行式，何時用過去式，要用邏輯判斷[註]，例如：

△ When he arrived, we were having dinner. （過去進行式）（3-7）

　　（當他到達時，我們正在用晚餐。）

　　這句話的涵義是「在他來之前，我們已經開始用晚餐了。」= We had already started dinner before he arrived.

△ When he arrived, we had dinner. （過去式）　　　　　　　（3-8）

　　（當他到達時，我們就用晚餐。

　　這句話的涵義是「他來之後，我們才用晚餐。」= He arrived and then we had dinner.

　　看過以上的過去完成式的例句之後，我們很容易能判斷在什麼情況下用過去完成式。請看以下的句子該如何寫：

1.我在超級市場看到瑪琍。他穿著一件新衣。

　　句中的「穿著」有進行式的意味，所以這句的英文應寫成：

△ I saw Mary in the supermarket. She was wearing a new dress.

　　　　　　　　　　　　　　　　　　　　　　　　　　　　（3-9）

2.昨天的此刻你在做什麼？

　　句中的「在」有進行式的意味，這句話譯為英文是這樣的：

△ What were you doing at this time yesterday?　　　　　　（3-10）

3.我不外出因為在下雪。

△ I did not go out because it was snowing.　　　　　　　　（3-11

[註]　讀英文和讀數學或物理一樣，最忌諱的是死記公式而不會活用。貫通道理最為重要，讀書的秘訣是將頭腦訓練成有邏輯思考的能力，而不是把它訓練成只會儲存資料的記憶體。

4.正當我<u>沒在</u>注意時，他為我照了張相。

　△He took a photograph of me while I <u>was not looking</u>.　　（3-12）

5.我昨天打破了一個碗。我<u>在</u>清洗的時候，它從手中滑了下來。

　△I broke a bowl yesterday. I <u>was doing</u> the washing-up when it slipped

　　out of my hand.　　（3-13）

6.當車禍發生時，我<u>開得</u>並不快。

　　句中的「開得」或「跑得」……都有進行式的意味，所以這句

　譯文是：

　△I <u>was not driving</u> fast when the accident happened.　　（3-14）

7.我打電話給你的時候，你<u>在</u>做功課嗎?

　△<u>Were</u> you <u>doing</u> your homework when I phoned you?　　（3-15）

8.當我到達時，她<u>正在</u>等我。

　△She <u>was waiting</u> for me when I arrived.　　（3-16）

9.他<u>在</u>漆牆壁時，從梯子上摔了下來。

　△He fell off the ladder while he <u>was painting</u> the wall.　　（3-17）

10.今晨我<u>正在</u>公園看書時，突然看到她。

　△This morning I <u>was reading</u> in the park when suddenly I saw her.

　　（3-18）

第 4 章　現在完成進行式

　　從現在完成進行（present perfect progressive）式這個名稱看來，它表示一個動作到現在已經完成，但是卻曾進行了很久。我們在日常生活中，常常用這種形式，只是我們使用得很自然，習而不察罷了。例如我們看到自己的孩子上氣不接下氣從外面跑回來，我們一定會問：

　　「你上氣不接下氣。是不是一直在跑個不停？（或是不是跑了好久？）」用英文表示就明白多了：

　　△You are out of breath. Have you been running?　　　　　　(4-1)

　　媽媽看到孩子疲憊不堪，就問：「你怎麼累成這個樣子。你在做什麼呀？」小孩非常疲倦，一定是做了什麼事。這件事持續了好久，到媽媽問他時，已經沒再做了。這句的英文是：

　　△Why are you so exhausted? What have you been doing?　　(4-2)

　　看到小孩懶洋洋的，睡眼惺忪，媽媽就會問：「你怎麼這麼懶？是不是一直在睡覺？」我們模仿上句，可寫出：

　　△Why are you so lazy? Have you been sleeping?　　　　　　(4-3)

　　「我一直跟你的爸爸談著你的問題，他認為你應該好好讀書。」這句話會用到現在完成進行式：

　　△I have been talking with your father about your problem and he thinks that you should study hard.　　　　　　　　　　　　　(4-4)

　　現在完成進行式也可以用於下列情況，就是某種動作或情況在過

去就已經開始，而持續到現在仍然繼續在進行著。例如我們在雨季裡常常會說：

「雨下了十天，還在下。」

這表示「雨在十天前就開始下，到現在還在下著。」（＝ It began to rain ten days ago and it is still raining.）所以要用現在完成進行式：

△ It has been raining for ten days. (4–5)

關於現在完成進行式，還有許多其他的例子：

△ How long have you been learning German? (4–6)

（你學德文多久了？）

△ He has been watching television since three o'clock. (4–7)

（他從三點鐘開始，就一直看電視看到現在。）

△ I have been waiting for her for about an hour. (4–8)

（我一直在等她，已經等了大約一小時。）

△ Have you been reading the novel today? (4–9)

（今天你一直在看小說嗎？）

△ How long have you been drinking wine? (4–10)

（你有多長的時間在喝酒？）

△ Miss Wang has been playing tennis since she was ten. (4–11)

（王小姐十歲就已開始打網球了。）

△ I have been feeling very good recently. (4–12)

（最近我感到非常好。即身體狀況很好，沒有什麼病痛。）

上面（4–12）句中若將recently 放在句前，則寫成

△ Recently I have been feeling very good. (4–13)

現在我們看以下的句子如何用英文的現在完成進行式表達：

1.「他已經讀了五個小時的書（現在仍在讀。）」

△He has been reading for five hours.　　　　　　　(4–14)

2.「從去年以來，我一直在學法語。」

　　△I have been learning French since last year.　　　(4–15)

3.「他一直在找工作，已經找了一年了。」

　　△ He has been looking for a job for a year.　　　(4–16)

4.「從去年二月起她一直住在臺北。」

　　△She has been living in Taipei since February last year.　(4–17)

5.「十年前他就已經開始抽烟了。」

　　△He has been smoking for ten years.　　　　　(4–18)

6.「兩年前他就一直在臺南工作。」

　　△He has been working in Tainan for two years.　　(4–19)

第 5 章　過去完成進行式

這種形式較爲複雜，但並不十分困難。動作發生在過去，並且已經完成，我們用生活中的實例來說明：

昨天早晨我起床後往窗外望去，只見陽光普照，不過地上卻是一片潮濕，於是我會自然的說：「已經下過雨了。」這句話就是過去完成進行式：

△ It had been raining. (5–1)

這句話的含意是當我早起往窗外看的時候，雨並未繼續在下，而陽光普照，地已潮濕，於是想到下過雨了。

我們再看一個例子：兩個學生匆匆走進教室，他們衣衫不整，披頭散髮，其中一個眼睛黑腫，看到這種情景，老師會立刻判斷他們進教室前已經打過架。請看以下英文說明：

△ When the students came into the classroom, their clothes were dirty and torn away, their hairs were untidy, and one had a black eye. They had been fighting. (5–2)

我們再看一個有關過去完成進行式的例子：許多年前，這裡是一片荒郊，人口稀少。但是現在繁榮進步，欣欣向榮，我們會想到這裡的人們已經做了相當多的努力。

△ Many years ago, it was a desolate country-side and there were only a few people here. Now it is prosperous. The people had been working hard. (5–3)

　　再看這種情況：我父親整天工作，非常疲憊，當他回到家的時候，已精疲力竭，因為他整天都在工作。

　△My father was very tired when he arrived home. He had been working hard all day long.　　　　　　　　　　　　　　　（5-4）

　　由以上所舉的幾個例子，可看出每當使用過去完成進行式時，都要有另外一件過去發生的事情做陪襯。請看以下使用過去完成進行式的例句：

1.棒球賽必須停賽，我們大概賽了一小時，突然狂風大作。

　△The baseball match had to be stopped. We had been playing for about an hour when the wind blew very hard.　　　　（5-5）

（5-5）句中 the wind blew very hard 是在過去發生的，而在此之前球賽已進行了一小時，所以用過去完成進行式。

2.他飲酒已四十年，最後總算戒了。

　△He had been drinking for forty years when he finally gave it up.

　　　　　　　　　　　　　　　　　　　　　　　　　　（5-6）

3.昨夜你來訪時，我已做功課三小時了。

　△I had been doing my homework for three hours when you visited me last night.　　　　　　　　　　　　　　　　　（5-7）

　　看完上面的許多過去完成進行式的句子之後，我們再來複習現在完成進行式與過去完成進行式相異之處，請看以下不同的情況：

　　A 看到 B 站在路邊，有如下的對話：

A: What are you doing here?　　　　　　　　　　（5−8）

（你在這兒幹嘛？）

B: I am waiting for the bus.

（我在等公車。）

A: How long have you been waiting?　　　　　　（5−9）

（你已經等了多久？）

B: I have been waiting for about ten minutes.

（我已等了大約十分鐘。）

又 A 和 B 坐在教室聊天，有如下的對話：

A: What were you doing when I met you yesterday?　（5−10）

（我昨天遇到你時，你正在做什麼？）

B: I was waiting for the bus.

（我在等公車。）

A: How long had you been waiting then?　　　　（5−11）

（在那時，你等了多久？）

B: I had been waiting for about ten minutes when I saw you.

（當我看到你的時候，我已等了大約十分鐘。）

　　何時用過去完成進行式，何時要用現在完成進行式，要看情況而定，讀英文和學數理一樣，要用邏輯去判斷去推理，切莫死記公式。我們一直強調要把頭腦訓練成一個有邏輯思考的指揮中心，切莫將它變成一個只能擺放書籍的書架。

　　了解以上的說明之後，以下的綜合複習就不難理解了：

△He is tired. He has been working for a long time.　　（5−12）

（他累了。他已經工作很久了。）

△He was tired. He had been working for a long time.　　（5−13）

（他是累了。他早已工作很久了。）

△He is out of breath. He has been running.　　　　　　（5–14）

（他上氣不接下氣。他已經跑過。）

△He was out of breath. He had been running.　　　　　（5–15）

（他上氣不接下氣。他已經跑過了。）

△When I went out, it was raining.　　　　　　　　　　（5–16）

（在我外出時，正在下雨。）

這句話表示雨在我外出時還在下著。

△When I went out, it had been raining.　　　　　　　　（5–17）

這句話表示雨一直在下，但在我外出時，雨並沒有在下，雨停了。

△When you visited me last night, I was doing my homework.　（5–18）

（昨夜你來訪時，我正在做功課。）

△When you visited me last night, I had been doing my homework for three hours.　　　　　　　　　　　　　　　　　　　（5–19）

（當你昨夜來訪時，我都做了三個小時的功課了。）

這句話表示你來訪時，我早已做了三小時的功課，而在你來的那個時刻我並沒有在做功課，不過早已做了三個小時的功課。

第 6 章　未來完成式

　　未來完成（future perfect）式一詞，從字義上看，它表示某一件事或某一個動作將在未來的某一時間之前完成，請先聽 A 和 B 的對話：

　　A: I am building a house.　　　　　　　　　　　　　　（6–1）
　　　　（我正在蓋房子。）

　　B: How long have you been building the house?　　　（6–2）
　　　　（你已經蓋多久了？）

　　A: I have been building it for one year.　　　　　　（6–3）
　　　　（我已經蓋了一年。）

　　B: Can you finish building it next year?　　　　　　（6–4）
　　　　（明年能蓋好嗎？）

　　A: Yes, I can. I will have built it by May next year.　（6–5）
　　　　（明年五月以前我會把它建好。）

這句話也可用未來完成被動式寫：

　　The house will have been built by May next year.　　（6–6）
　　　　（這房子將於明年五月前完工。）

　　同樣的情形也可用於求學的過程上，例如：有 A，B 兩個學生，在學校相遇，有以下的對話：

　　A: When did you come to Purdue University （普渡大學） to
　　　　study?　　　　　　　　　　　　　　　　　　　（6–7）

（你何時來普渡大學唸書？）

B: I came here last year. (6–8)

（我去年來此。）

A: What do you study ? (6–9)

（你唸什麼？）

B: I study Electrical Engineering. (6–10)

（我讀電機工程。）

A:I will go back to Taiwan in July next year. Will you still be studying

here? (6–11)

（我明年七月要回臺灣。你還會在這裡讀書嗎？）

B:Probably not. I will have graduated from the university by June

next year. (6–12)

（也許不會。明年六月之前我將已經畢業了。）

現在有另一種情況，也與未來完成式有關。請聽 A, B 兩人的

對話：

A:Is it all right if I visit you at 7:10 tonight? (6–13)

（我在七點十分去拜訪你，可以嗎？）

B:No, please don't visit me then. I will be watching the football

game on television. (6–14)

（不，那個時刻請勿來訪。我將正在看電視上的美式足球賽。）

A: Well, what about 9:10? (6–15)

（那麼九點十分如何？）

B: Yes, that will be fine. The game will have finished by then.

(6–16)

（到那時，球賽將已經結束了。）

　　以上 B 所說的最後一句話就是未來完成式。請看下面的例子：一位媽媽買了三個小蛋糕，分給姊姊和兩個弟弟吃。哥哥貪吃，把弟弟的一份吃光了，請看以下的對話：

弟：Mom, I am full, I don't want to eat it now.　　　（6–17）

　　（媽，我飽了，現在不想吃。）

兄：I am very hungry now, I can eat it up for you.　　（6–18）

　　（我現在很餓，我能替你吃掉。）

弟：No, you can't eat my cake. I will put it in the refrigerator, and eat it at seven o'clock this evening.　　　（6–19）

　　（不，你不能吃我的蛋糕。我要把它放到冰箱裡，今晚七點才吃。）

姊：No, you had better not do that. Your brother will have eaten it up by then.　　　（6–20）

　　（最好別這麼做。到那時，你哥哥將已經把它吃掉了。）

　　弟弟要把蛋糕放到冰箱裡，等晚上七點才吃，但是姊姊知道他哥哥的毛病，在七點之前，他將已經把蛋糕吃光了。這種在未來某一時間之前可能發生的事，就要用未來完成式。

　　未來完成式的句子在我們日常生活中常常聽到，只是我們沒用心去留意罷了。我們再看這樣的例子：夫婦二人要去看七點半的戲劇（drama），但時間已經是七點十分。太太還在化粧，於是有以下的對話：

夫：Hurry up! I'm afraid we don't have enough time!　（6–21）

　　（趕快！恐怕我們沒時間了！）

妻：No hurry. It doesn't matter. We will get to the theater anyway.

　　　（6–22）

（別急，沒關係，不管怎麼樣，我們總會到達戲院的。）

夫：But we will be late! I expect that the drama will already have started by the time we get to the theater.　　　　（6–23）

（但是我們會遲到的！我預期在我們趕到戲院前，戲劇將已開始了。）

　上面的例子中「到達戲院」和「戲劇開始」都是在未來才發生的事，但「戲劇開始」在「到達戲院」之前，所以「戲劇開始」這件事要用未來完成式：the drama will have started.（原對話中加了一個 already（業已），只是加強語氣罷了，不用它也可以。）這種道理非常清楚，只要稍加思考，便不難理解了。讀英文切不可強記死背，要活記活用，才能以不變應萬變，舉一而反三。請參看第24章中第（24–13）句。

第 7 章　過去未來式與過去未來完成式

（兼談條件句與假設句）

△ I will go. (7-1)

這個句子一看便知是未來式，而且是現在的未來式，它只表示單純的「我將去。」

△ I would go. (7-2)

這就是過去未來式，它的解釋不像上句那樣單純。我們現在開始探討這個問題。

would 是 will 的過去式。will 是助動詞[註1]，只有兩種變化形式，即只有現在式和過去式而已，沒有過去分詞，也不加 s，或加 ing。其他的助動詞尚有 shall、can、may、must 等。

先看過去未來式簡單的使用法，將直接敍述法改爲間接敍述法時會用到它：

$$\left\{ \begin{array}{l} \text{He says, "I will go with you."　（直接）} \quad (7\text{-}3) \\ \text{He says that he will go with me.　（間接）} \quad (7\text{-}4) \end{array} \right.$$

〔註1〕助動詞只有兩種形式，即現在式和過去式，沒有其他的形式，請查看字典不規則動詞表。

$$\begin{cases} \text{He said, “I will go with you.”（直接）} & (7\text{--}5) \\ \text{He said that } \underline{\text{he}} \underline{\text{would}} \text{ go with me.（間接）} & (7\text{--}6) \end{cases}$$

（7–5）句的意思是他說（過去式）：「我將跟你同去。」（7–5）句的間接說法是他說他將跟我同去。

（7–4）與（7–6）句中的 he will 與 he would 都只表示簡單的未來式，只不過前者（he will）是現在，而後者（he would）是過去的未來罷了。這是很容易了解的用法。

現在請看下面的故事[註2]：

蘇東坡造訪佛印大師，正值大雨，東坡撐傘前往。離去時，雨停了。東坡卻忘了將雨傘（umbrella）帶走。幾天後，方才想起，於是兩人有如下的口信往返：

東坡： “I think I left my umbrella in your temple. Have you seen it?” (7–7)

（我想我把雨傘留在你的寺廟裡了。你是否見著？）

佛印： “No, but I’ll look for it. If I find it, I’ll send it to you.”

(7–8)

（沒有啊，不過我會找找看。假如我找到了，我將把它送回給你。）

上面的對話表示佛印確實記得東坡是打著傘來的，只不過事隔幾天，佛印太忙，不知道傘放到那裡去了，聽到東坡來話，一時找不到，於是先回了句： “No,” 隨即又說他要去看看（I’ll look for it.），假如找到了，就把它送過去。這是簡單的條件句，佛印看到東坡曾帶傘

〔註2〕 這段故事是筆者自己杜撰的。蘇東坡與佛印有很多有趣的軼事，在古代文人中，筆者獨鍾蘇軾，這不但是因為欣賞他的詞，也還可能是他有實事求是的科學精神吧，〈石鐘山記〉便是代表作。（請參看附錄三）

到寺廟裡來，而雨傘留在寺廟裡，這是事實，所以說一找到，就拿給東坡。

但幾天後，情況不同了，使用的時式就要跟著改變：

這一次，東坡拜訪佛印之後，臨走時，正好下雨。東坡沒有帶雨傘，卻又不得不趕回去，而佛印只有袈裟，沒有雨衣或雨傘，於是他們有如下的對話：

佛印："Did you bring an umbrella with you?" (7–9)

（你剛剛有沒有帶雨傘來？）

東坡："No, I didn't. Do you have one?" (7–10)

佛印："I am sorry I don't have one. If I had one, I would lend it to you." (7–11)

（設若我有一把，我就會把它借給你。）

由上面佛印回答的話可以看出來，他沒有雨傘，這是事實，但佛印本人希望有一把傘，若真有傘，他就會借給東坡，這就是一種與現在事實相反的假設語氣。在我們日常生活中，常常遭遇到一些事與願違的困境，明明知道不可能，但仍要說些希望可能的話。

再看另一種情況：東坡沒有帶傘，佛印但願有傘借給東坡，可是事實上卻沒有傘。東坡只得冒著雨走回去，身上淋濕了，患了感冒。佛印知道東坡病了，前去探望。於是有以下的對話：

佛印："I am so sorry to know that you were ill. Are you better now?" (7–12)

（知道你病了，我感到好遺憾。你現在好些了吧？）

東坡："I got back home that day, and I got all wet. I regreted that I hadn't brought an umbrella with me." (7–13)

（那天我回到家，全身濕透了。現在真後悔那時沒帶傘

去。）

佛印： "I am sorry I didn't have an umbrella then. If I had had one, I would have lent it to you, and you would not have caught cold." (7–14)

（我抱歉那時沒傘。假若我那時真有一把，我就會把它借給你了，而你也就不會著涼了。）

後面佛印說的話屬於假設語氣，談的事已成了過去，而那過去的事又與過去的事實相反，所以要用過去未來完成式，而在 If 的子句中要用過去完成式。

現在請再看下面的句子：

△If I had known that you were ill, I would have gone to see you.

(7–15)

（假如我那時知道你生病了，我早就會去看你的。）

但實際的情況是 "I did not know that you were ill." 因此， "I did not go to see you." （我不知道你生病，因此，我沒去看你。）

△If I had seen her when she passed me in the park, I would have said hello to her. (7–16)

（假如在公園裡她打從我身邊走過時，我真的看到了她的話，我就會向她打招呼了。）

事實上， "I did not see her." 因此， "I did not say hello to her."

△If I had not been so tired, I would have gone to play tennis.

(7–17)

（假如我那時不那麼累，我就會出去打網球了。）

事實上， "I was too tired." 因此， "I did not go to play tennis."

△If I had gone to the picnic yesterday, I would have seen her.

(7-18)

（假如我昨天去野餐的話，我就會看到她了。）

事實上，我昨天沒去，所以沒看到她。

　　從上面的例子可以看出來，在 If 帶動的句子中，用的是過去完成式，即 If I had gone to the picnic yesterday；在主句中，用的是過去未來完成式，即 I would have seen her. 這表示與過去的事實相反，其真正涵義是 I did not go to the picnic yesterday. 於是，I did not see her.

　　當然，這些類似的句子多得不勝枚舉，只要能把握方法，就能寫出完美正確的句子來。

第 8 章　不同時式的整合

　　由於文字和文法結構的差異，在中文裡很難看出像英文句子那麼多不同的時式（tense）。其實，在我們日常生活中，無論寫作也好，跟人談話或演溝也好，我們無時無刻不在使用前幾章節所討論的過去完成式、過去進行式、過去未來式、……。我們一直在用，卻不知道我們正在用，這種「習而不察」的最大原因，應該與我們文字的結構和特性不同於英文有著密切的關係。主要的關鍵是中文的動詞不像英文的動詞有三變化（例如 behold、beheld、beheld；spill、spilt、spilt；……），而中文的助動詞也不像英文有兩種變化（例如 can、could；may、might；will would；……請看(9)～(13)）。在這樣動詞變化不清的情況下，說的話或寫的句子自然難以表達明確的意義。從下面兩個句子，就可看出中文和英文的差異了：

　　一個學生走進教室，向老師和同學們說：

　　「我看到一隻青蛙。」

這句子無法表示出他現在看到或是他過去看到，但是若用英文講，就一「聽」了然：

　　△ "I saw a frog."　　　　　　　　　　　　　　　　　　　　(8-1)

這表示他過去看到一隻青蛙，或許是在進教室前看到的，或許是更早以前看到的，但絕不是在進到教室說話的時候看到的。不過，假若這個學生走進教室的時候，立刻大喊：

　　△ "I see a frog!"　　　　　　　　　　　　　　　　　　　　(8-2)

這表示他現在看到一隻青蛙，在進門時就看到了，這隻青蛙可能就在教室裡，也未可知。

　　一個做了七天環島旅行的學生走進教室，一進門就興奮的告訴同學和老師：

　　△ "I saw a tiger!" （我看見一隻老虎。）

這表示過去在旅途中看到，已成了過去。同學們一定很好奇，必定會問何時? 何地? 但若他進了教室，稍停片刻，說

　　△ "I see a tiger." (8–3)

這話一出，可能有的同學會嚇呆了，因為這句話表示現在式，他走進教室，看到了一隻老虎，可能老虎就在教室裡，豈不嚇人? 這句話若是用中文講：

　　「我看到一隻老虎。」

就會令人迷惘了，還須加上肢體語言或手勢，才能讓聽的人了解真正的涵義。

　　現在讓我們再來聽聽蘇東坡和佛印的對話。

東坡： "You bought a tulip the day before yesterday, didn't you? "

(8–5)

　　　　（你前天買了一朵鬱金香，是嗎? ）

佛印： "Yes, I did. But how do you know that?" (8–6)

　　　　（是的，我買了。你怎麼知道的? ）

東坡： "My friend told me yesterday." (8–7)

　　　　（我朋友昨天告訴我的。）

佛印： "What did he tell you?" (8–8)

　　　　（他對你說了什麼? ）

東坡： "He said, 'He bought a tulip yesterday.' "（直接說法）(8–9)

（他說：「他昨天買了一朵鬱金香。」）

東坡也可如此說：

　　"He told me that you <u>had bought</u> a tulip the previous day."

　　（間接說法） (8-10)

　　（他昨天告訴我你前一天買了一朵鬱金香。）

過去的過去式要用過去完成式。

佛印：　"It <u>was</u> such a beautiful flower! It <u>is</u> still beautiful, and it <u>will</u>
<u>be</u> beautiful in the future." (8-11)

　　（它是一朵漂亮的花！它仍然很美，將來它也會一直很
美。）

東坡：　"How much <u>did</u> you pay for it?" (8-12)

　　（你買它花了多少錢？）

佛印：　"Ten thousand dollars!" (8-13)

　　（一萬元）！

東坡聽了，大吃一驚：

　　"Ten thousand dollars for just a tulip? You must be crazy!
You <u>might have been</u> cheated! A tulip <u>costs</u> only about ten
dollars." (8-14)

　　（一萬塊錢只買一朵鬱金香？你一定瘋了！你八成是被騙
了！一朵鬱金香大概只值十塊錢。）

佛印：　"Maybe you are right. But I really <u>love</u> it. It <u>was</u> worth
buying it." (8-15)

　　（也許你是對的。不過我真喜愛它。買了真值得。）

東坡：　"I'm <u>wondering</u> if you are stupid. You always <u>did</u> silly things
in the past. You <u>are doing</u> silly things now, and I am sure

that you will be doing silly things in the future." (8–16)

（我總認為你很笨。你以前總做是做傻事。你目前也在做傻事，我相信你將來也同樣會做傻事。）

佛印： "You can never imagine how beautiful it is! I have never seen such a beautiful flower in my life." (8–17)

（你真無法想像它有多美! 在我這一生中，我從未見過這麼漂亮的花朵。）

東坡： "Oh! I didn't know that you are such a foolish monster. If I had had ten thousand dollars, I would have bought a motorcycle instead of just a tulip." (8–18)

（啊! 我以前不知道你是這麼一個呆怪物。假如我那時有一萬塊錢的話，我就會買一輛摩托車而不只是一朵鬱金香。）

佛印： "Well! If you had had ten thousand dollars then, I would have borrowed it from you and bought another tulip."

(8–19)

（哦，假如你那時真的有一萬塊錢的話，我就會向你借來買另一朵了。）

東坡： "If I had been you, I would not have been so silly. If you have ten thousand dollars now, would you still want to buy the other tulip from that flower–seller — the liar?" (8–20)

（假如我那時真是你，我就不會那麼笨了。如果你現在有一萬塊錢，你仍會想從那個賣花者（騙子）買另一朵鬱金香嗎? ）

佛印： "Yes, I would. If I had ten thousand dollars now, I would buy the other tulip from that gentleman." （8–21）

（是的，我會的。假若我現在真的有一萬元的話，我就會從那位紳士手中買下另一朵鬱金香了。）（這表示佛印現在沒錢。）

東坡："I wish that liar would have never appeared."

（或 I hope that that liar will never appear again.）（8–22）

（但願那個騙子永不出現。）

佛印："Speak of the devil and the devil comes.　There comes the flower–seller ── the gentleman!" （8–23）

（說曹操，曹操就到。那賣花的紳士來了。）

東坡看到那賣花人，面帶怒容，說道：

"How could you cheat my best friend?　Ten thousand dollars for only one tulip!　Was it made of gold?" （8–24）

（你怎可欺騙我最好的朋友？只是一朵鬱金香就賣一萬元！難道它是黃金做的？）

（若如此寫，就表示它過去是用黃金做的了。）

賣花人："You can say that again.　It has been made of gold!"

（8–25）

（你說得真對。它確是黃金造的。）

　　從上面的對話中，我們看到很多不同的句型：現在、過去、未來、完成、進行、過去完成、過去未來完成等。只要善於把握一些基本的原則，熟讀動詞三變化，助動詞（只有幾個而已）兩變化，利用邏輯推理的方法，就能寫出詞可達意的句子來。

第 9 章　子句──句中句

將單句接在一起即成合句（compound sentence)，句中有句者爲複句（complex sentence），複句中包含合句者爲複合句（compound complex sentence）。以下爲示意圖:

（a）合句　　　　　（b）複句　　　　　（c）複合句

句子之種類

「句中句」稱爲子句（clause）。這跟建房子將樓建在樓中就成了「樓中樓」一樣。句中有句，那句中的句子自然就成了子句。我們先看若干例句:

△I behold a rainbow which is extremely brilliant.　　　　　（9-1）

（我看到一道彩虹極其燦爛。）

這個句子事實上是由兩個句子構成的:

△I behold a rainbow.　　　　　（9-2）

△It is extremely brilliant.　　　　　（9-3）

（9-3）句It is extremely brilliant.（它極爲燦爛。）放在句子之中將主詞it用which取代，形成句中句。又由於它形容rainbow，所以屬

於形容詞子句（adjective clause）。

△Everybody knows that the earth is round.　　　　　　　（9–4）

（每個人都知道地球是圓的。）

這句中也有兩個句子:

{ Everybody knows.（每個人都知道。）是主句

The earth is round.（地球是圓的。）是名詞子句 (noun clause),

做爲上面主句中 knows 的受詞

△When the cat is away, the mice will play.　　　　　　（9–5）

（猫不在的時候，老鼠就會遊戲。閻王不在，小鬼翻天。）

這個句子中的主句是

△ The mice will play.

而 The cat is away. 是副詞子句（adverb clause）。

因此，子句可分爲三大類:

1. Noun clause　（名詞子句）

2. Adjective clause　（形容詞子句）

3. Adverb clause　（副詞子句）

使用子句的目的是可將兩個句子或更多的句子合而爲一句，使句子簡潔有力。初學語言的學生，大多只會用單句（simple sentence），不會將幾個句子合併成一個複句或合句或複合句。

請看下面幾個句子:

△The young girl comes from Ulm〔註〕in Germany.　　（9–6）

△She is my friend.　　　　　　　　　　　　　　　　（9–7）

△She knows how to practice Wye Tang Kung.　　　　　（9–8）

（這年輕的女孩來自德國的吾兒猛。她是我的朋友。她知道如何

〔註〕 Ulm 是德國南部一個小鎮，是科學家愛因斯坦（Einstein）出生的地方。

練外丹功。）

　　若將上面三句（9–6）～（9–8）用子句寫出，可簡化成：

△The young girl who comes from Ulm in Germany and knows how to
practice Wye Tang Kung is my friend.　　　　　　　　　　（9–9）

　　（這位從德國吾兒猛來而又懂如何練外丹功的年輕女孩是我的朋
友。）

　　這樣的說法比三句分開來寫要強而有力得多。

　　中文的句型有時和德文完全是一樣的，在此，我們順道來看下面
的例句：

　　這位從英國來的老師名叫大衛。　　　　　　　　　　　　（9–10）

　　德文的寫法是：（此句僅供參考，略去不看亦無妨。）

| Der | | von | England | kommende | Lehrer | heiBt | David. | |
| 這 | （冠詞）〔註〕 | 從 | 英國 | 來的 | 老師 | 名叫 | 大衛 | （9–11） |

比較（9–10）與（9–11）句，很明顯可以看出在這兩句話中，中文、
德文用字的順序完全脗合（也請看（0–24）句）。而這個句子的英文
卻是：

△The teacher who comes from England is named David.　　（9–12）

　　英文有關係代名詞（relative pronoun），將子句插入句子之後，
句型清晰，結構完整，而在中文裡卻沒有關係代名詞這一類的字眼，
所以遇到句子中有子句時，就必須用其他的詞句來取代關係代名詞，
例如：

〔註〕　德文的冠詞依名詞的性別而分，共有三種，陽性用 der，陰性用 die，中性用
　　　 das，不像英文，只有一種冠詞 the（定冠詞），而名詞也沒有性別。德文的
　　　 太陽是陰性：die Sonne；月亮卻是陽性：der Mänt；小女孩是中性：das
　　　 Mädchen，真是怪極了，也很有趣。

　　每個人都知道這個真理，<u>那就是</u>人類生而平等。　　　　（9-13）

當然，若用文體表示，加上引號，就容易看出它的結構來：

　　每個人都知道這個真理：「人類<u>生而平等</u>。」　　　　　（9-14）

　　若是用英文，關係代名詞一擺，語意就非常清楚，請看：

△Everyone knows the fact <u>that</u> man were born equal.　　（9-15）

（9-15）句中的 "that" 這個字就相當於（9-13）句中的「那就是」。

　　經由上面的說明，我們也可將（9-14）句變成被動的形式，此時其中的 the earth is round. 可由受詞的地位變成主詞，而句子前面須由 "that" 帶動，即

△That the earth is round is known by everybody.　　　　（9-16）

　　（地球是圓的是每個人都知道的。）

　　現在我們做一個文字遊戲，這裡面包括若干文法，請先看下句：

△That <u>this word that this man writes is wrong</u> is a fact.　　（9-17）

　　（這個人寫的這個字是錯的，這件事是事實。）

　　請注意（9-17）句中，只要改幾個字，就變成一種特別有趣的句子，即將 <u>this</u> <u>word</u>（這個字）改為 that　that（那個那字），再將 <u>this</u> man 改為 <u>that</u> man，我們就能寫出如下深邃而容易令人迷惑的句子來：

△That that that that that man writes is wrong is a fact.　　（9-18）

　　（那個人寫的那個那字是錯的，這件事是事實。）

（9-18）句中一連串用了五個 that，乍看好不古怪，其實內含文法玄機，若不諳文法，真會被唬住呢！（請看（10-30）句之分析。）

　　子句，在開頭我們就談過了，是句中句。用數學的觀念來看，它很像大括號裡有中括號；中括號裡又有小括號一樣，例如

　　　$3\{5x + 6[7x + 8(9x - 10z - 1)] + 4y\}$　　　　　　　（9-19）

若用電腦程式的符號表示，要一律用小括號，上面（9-19）式就寫成了：

$$3(5x + 6(7x + 8(9x - 10z - 1)) + 4y)$$

子句又像電腦程式中的副程式〔註〕一樣，在一個主程式中還有另一些副程式，也稱為子程式（subroutine）。

現在請回頭將（9-18）句用括號括起來。

That{that that [that(that man writes)is wrong]is a fact}.

是否像（9-19）數學式？一層層來看，就更明顯了。

（that man writes）:那個人寫，

that[that （that man writes） is wrong:那個人寫的那是錯的。]

that that [that （that man writes） is wrong]:那個人寫的那個那是錯的。

最後再加上一個that在前面，就形成第（9-18）句了。

以下幾章裡我們繼續說明各種不同的子句。

〔註〕若不諳電腦程式，此處可瀏覽過去，亦無妨。天下的道理都是相通的，讀書的目的也就是要通理達變，否則就是死讀書。

第10章 名詞子句（noun clause）與 名詞片語（noun phrase）

我們知道，名詞可用來做主詞或受詞或補語，例如：

△This television set is mine. (10–1)

（這臺電視機是我的。）

television set 是名詞，在句子中做主詞用。現在我們用一個子句取代這裡的名詞，例如：

△That he is a famous lawyer is known by everybody. (10–2)

（每個人都知道他是一個名律師。）

上句 "He is a famous lawyer." 本身為一句子，因為它在句子之中，所以稱之為子句; 又由於它是在主詞的位置，所以稱為名詞子句（noun clause）。不過名詞子句做主詞時，要有一個 "that" 字帶動。

通常可以將（10–2）句寫成主動的形式：

△Everybody knows that he is a famous lawyer. (10–3)

現在這裡的名詞子句就變成了受詞，是做 knows 的受詞。

名詞子句的例句太多了，不勝枚舉，以下是一些供作參考的例句：

△Nobody knows where he comes from. (10–4)

（沒有人知道他來自何方。）

△I don't understand what he is doing. (10–5)

（我搞不清他在做什麼。）

△He does not notice that he has made a mistake. （10–6）

（他沒注意到他已犯了錯。）

△I don't know when he joined our club. （10–7）

（我不知道他何時加入我們的俱樂部。）

△He does not know who you are. （10–8）

（他不知道你是誰。）

△What is mine is yours. What is yours is mine. （10–9）

（我所有的就是你的。你所有的就是我的。）

△I don't understand why he learns German. （10–10）

（我不了解他為何學德文。）

△I hope that the breeze blows from the south. （10–11）

（我希望微風從南方吹來。）

△I wish that a cold wind would blow in summer. （10–12）

（我願夏天會有冷風吹來。）

△I do not know when he came in. （10–13）

（我不知道他是何時進來的。）

△I want to know how he learns German. （10–14）

（我想知道他如何學德文。）

△There are so many books in the bookstore. He can not decide which he wants to buy. （10–15）

（書店裡有那麼多書，他無法決定他想買那一本。）

前面說過，名詞可做主詞或受詞之用，當然名詞子句可做主詞或受詞或補語。現在我們看如何將名詞子句插進句子裡：

今有兩句話：

△I do not worry about this. I worry about that. 　　　（10–16）

（我不擔心這個，我擔心那個。）

（10–16）句中的 this 和 that 都做介系詞 about 的受詞。現在我們看另外兩句話：

△How much money does he spend? 　　　（10–17）

（他花多少錢？）

△How does he spend the money? 　　　（10–18）

（他如何花這些錢？）

若將（10–17）及（10–18）句稍做文法上必要的修改，然後分別取代（10–16）句中的 this 和 that，就成了名詞子句：

△I do not worry about how much money he spends. I worry about how he spends the money. 　　　（10–19）

（我不擔心他花多少錢。我擔心他是怎麼花這些錢的。）

若是在（10–19）兩句話中加上一個連接詞 but（或 instead, however）兩句合而為一，唸起來就更順暢了。請看：

△I do not worry about how much money he spends, but I worry about how he spends the money. 　　　（10–20）

（我不擔心他花多少錢，但卻擔心他怎麼花這些錢。）

△I do not worry about how much money he spends, instead, I worry about how he spends the money. 　　　（10–21）

（我不擔心他花多少錢，而是擔心他怎麼花這些錢。）

現在我們再看一個簡單的句子：

△Do not ask me. Ask him. 　　　（10–22）

（不要問我。問他。）

（10–22）句中的 me 和 him 都做 ask 的受詞，我們看另外兩句話：

△What can your country do for you? （10–23）

（你的國家能爲你做什麼？）

△What can you do for your country? （10–24）

（你能爲你的國家做什麼？）

若將（10–23）及（10–24）句稍做文法上必要的修改，然後分別取代（10–22）句中的 me 和 him，就成了名詞子句：

△Do not ask what your country can do for you. Ask what you can do for your country. （10–25）

若再將（10–25）句中的 do not ask 改爲 ask not，那就是美國甘廼廸總統（President John F. Kennedy）就職演說辭中的一句名言了：

△Ask not what your country can do for you.

△Ask what you can do for your country. （10–26）

（不要問你的國家能爲你做什麼。要問你能爲你的國家做什麼。

我們再看一個有趣的句子是怎麼構成的，裡面有很多文法觀念，可說是一種文字遊戲。先從最簡單的句子寫起：

△That word is wrong. （10–27）

（那個字是錯的。）

將一個形容詞子句（下一章會討論）He writes. 加入（10–27）句中，修飾 word，當然要用一個關係代名詞引導，成了以下的句子：

△That word that he writes is wrong. （10–28）

（他寫的那個字是錯的。）

現在將（10–28）句整句話當做名詞子句，模仿（10–2）句寫成以下的句子：

△That that word that he writes is wrong is known by everybody.

（10–29）

（每個人都知道他寫的那個字是錯的。）

（10–29）句中的第一個 that 用以引導後面名詞子句（即（10–28）句）。現在若將（10–29）句中的 word 改成 that（那），而將 he（他）改爲 that man（那個人），就成了下面一句很有趣的話了：

△That that that that that man writes is wrong is known by everybody.

（10–30）

（每個人都知道那個人寫的那個那字是錯的。）

連續用了五個 that! 若不經文法分析，還真會令人迷惘呢!（請參看（9–18）句。）

　　討論過名詞子句之後，我們來探討名詞片語。我們知道，單獨一個字叫做「詞」，將幾個（兩個或兩個以上）詞組合在一起，並不具完整的意思者稱爲「片語」，若具完整的意思就成了「句」，例如

· swallow（燕子）， soar（翱翔）， smooth（光滑的）， politely（有禮貌地）， between（在⋯⋯之間）等都是詞，分別是名詞，動詞，形容詞，副詞，介系詞。又如

· smoking too much （抽煙太多）

· with my whole heart （全心全意的）

· the top of the mountain （山頂）

· leap year （閏年）

等都是片語，都不具完整的意思，上面的一個片語 smoking too much（抽煙太多）如何呢? 沒有下文，所以不成爲句子，只是個片語，這個片語可做名詞之用，可稱之爲名詞片語。名詞片語可用來做主詞，受詞或補語。例如:

△Smoking too much is bad for the health. （10–31）

（抽煙太多有害健康。）

△His habit is getting up early in the morning.　　　　（10-32）

（他的習慣是早晨起得早。）

△It is easy to say, but it is hard to do. 或To say is easy, but to do is

hard.　　　　（10-33）

（說容易，但做是困難的。）

△Swimming in the pond is prohibitted.　　　　（10-34）

（在這個池塘游泳是被禁止的。即禁止在這池塘裡游泳。）

△The top of the mountain is covered with snow.　　　　（10-35）

（山頂覆蓋白雪。）

△Do you see a swallow on the roof of the house?　　　　（10-36）

（你看到一隻燕子在屋頂上嗎？）

上面（10-31）到（10-36）句中底線所標示的片語都是名詞片語。

　　人類在學習語言的過程中，最先學字或詞，也就是單字，而後學片語，進而學句子，再由幾個句子組成一個段落，最後由幾段組成一篇文章。多記單字，背有代表性的片語和句子對學好英文有莫大的幫助。

第11章　形容詞子句 (adjective clause) 與形容詞片語 (adjective phrase)

（兼談限定用法與非限定用法）

　　從名稱上可以看出形容詞子句乃做形容詞之用，可形容名詞。形容名詞的字稱爲形容詞（adjective），例如

　　△It is a picturesque scenery. （11–1）

　　（那是一幅如畫的景色。景色如畫。）

上句中的 picturesque （如畫的）是形容詞，形容 scenery （景色），這裡的 scenery 只是用一個形容詞加以形容。我們也可用一個句子來形容 scenery 這個字。例如

　　△It is a scenery which looks like a picture. （11–2）

　　（那是一幅看去像圖畫一般的景色。）

（11–2）句中的 which looks like a picture 的 which 一字在文法上稱爲關係代名詞。而 which 前面的 scenery 一字稱爲先行詞。（11–2）句實際上是由兩個句子組合而成的：

　　△ { It is a scenery.
　　　　The scenery looks like a picture.

　　當做形容詞用的子句太多了，也是不勝枚舉，在日常生活或寫作中，常常用到。我們繼續看一些例子：

△He is the man that likes everybody.　　　　　　　　(11–3)

（他是一個喜歡人人的人。）

△He is the man that everybody likes.　　　　　　　　(11–4)

（他是一個人人喜歡的人。）

（11–3）句可寫成兩句：
He is the man.
He likes everybody. ⎱　　　　(11–5)

（11–4）句亦可寫成兩句：
He is the man.
Everybody likes him. ⎱　　　　(11–6)

△The girl who drew the picture gave me an album.　　(11–7)

（畫這幅畫的女孩送我一本相簿。）

　　從上面舉的一些例句可以看出，形容詞子句須用一個所謂關係代名詞銜接。這些關係代名詞有who，which 和 that，其中

that 可指人、事或動物〔註〕
which 指事或動物
who 和 whom 用以指人

　　形容詞子句在文章裡，在日常生活的對話中，比比皆是，剛開始學話的小孩或初學作文的學生大都只會用簡單的句子（simple sentence），等語言能力逐漸提昇以後，自然就會用到形容詞子句了，例如以下的兩種寫法：

單句的寫法：

There was a wise man.
He built his house on solid rock. ⎱　　　　(11–8)

子句的寫法：

△There was a wise man who built his house on solid rock.

〔註〕　今日美國，在口語中常用 that，而不用 who，（11–3）和（11–4）就是實例。

（有一位聰明的人，他將房屋建在堅固的岩石上。）

又如

  God helps the people.

  They help themselves.   （11–9）

可併合爲一句:

 △God helps the people <u>who help themselves</u>.

 （天助自助者。）

 （或 God helps those who help themselves.）

  在文章或對話中，若只有單句，會使句子顯得生硬而無力，例如

「那個人站在門旁。他是我叔叔。」若用形容詞子句寫:「<u>那個站在門旁的人</u>是我叔叔。」唸起來就比較簡潔有力。把上面這句話譯成英文，就是如下的句型:

The man <u>who stands by the door</u> is my uncle. （11–10）

請再看以下例子:

 △ { The man invented the machine.

    He was a genius.

 =The man <u>who invented the machine</u> was a genius. （11–11）

 （<u>發明這部機器的人</u>是個天才。）

 △ { My uncle lives in Taipei.

    He buys a new car every year.

 =My uncle <u>who lives in Taipei</u> buys a new car every year. （11–12）

 （我的叔叔住在臺北，他每年買一輛新車。）

  類似這種句型太多了，懂得其中的道理，自可舉一反三。這裡有一點要特別強調的是，形容詞子句有限定（restrictive）用法和非限定（nonrestrictive）用法兩種，也可分別稱爲「指定的」和「非指定的

」用法。所謂「指定的」是在數個當中指定某一個。請看下例：

△He has three married daughters; one lives in Taipei, another in Tainan, and the other in Taitung. （11–13）

（他有三個已婚的女兒。一個住臺北，一個住臺南，一個住臺東。）

現在若說：「他那住在臺北的女兒昨天生了一個嬰兒。」這句話應譯為

△His daughter <u>who lives in Taipei</u> had a baby last night. （11–14）

這時子句 who lives in Taipei 是用做形容先行詞 daughter 之用，但前後不加逗點，這是限定的用法，限定住在臺北的女兒，而不是指住在別處的女兒。

若某人只有一個女兒，住在臺中，上星期生了一個嬰兒，這種情況就應譯成：

△His daughter, who lives in Taichung, had a baby last week. （11–15）

（他的女兒，住在臺中，上週得一子。）

請注意（11–15）句中的子句 who lives in Taichung 的前後都加了逗點「,」，這是非限定的用法，也就是「非指定」的用法，因為他只有一個女兒，所以不須指定。形容詞子句的前後加或不加逗點，竟有如此大的差別，我們不可不慎，否則，會鬧出笑話來。請看以下的情況：

某甲到美國做生意，其妻因即將臨盆，不能同往。某夜，甲接到越洋電話，其妻生一男孩。次日，甲寫信給美國友人，其中有這麼一句話：

△My wife who is now in Taiwan had a baby boy last night. （11–16）

（我在臺灣的太太昨夜生一男孩。）

美國友人看到這句話，會大吃一驚，於是馬上覆信問甲：

How many wives on earth do you have?

（你到底有幾個太太？）

其實，甲只有一個太太，這位太太在臺灣。但是他在用形容詞子句時，卻不慎將限定用法及非限定用法弄混了，（11–16）句中，形容詞子句 "who is now in Taiwan" 的前後未加逗點，所以是限定用法（也就是指定用法），限定是在臺灣的太太，難怪美國友人會誤解，以為甲的太太不止一個，一個在臺灣，另一個可能在大陸，還有一個可能在……。甲為了明確表示自己只有一個太太，（11–16）句話中須用逗點，也就是

△My wife, who is now in Taiwan, had a baby boy last night.

（我的太太，現在臺灣，昨夜生了一個男孩。）

這樣寫就屬於非限定用法（並非指定是那一個太太），就表示只有一個太太。

我們再看下一例句，對限定用法及非限定用法會有更深刻的印象：

He has two sisters, Su and Mary.

His sister Su is getting married next month. 　　　（11–17）

（他的那位叫蘇的姊妹下月將要結婚。）

這句話是限定用法，因為指定是蘇，而非瑪俐。再請看下一例句：

I have only one younger sister and her name is Jenny.

My younger sister, Jenny, is getting married next month. （11–18）

（我的妹妹，珍俐，下月將要結婚。）

這句話是非限定用法，表示我只有一個妹妹，叫 Jenny。

$\begin{cases} \text{Mr. Liu is a thoughtful gentleman.} \\ \text{Mr. Liu lent me two million dollars.} \end{cases}$　　（11-19）

（劉先生借給我兩百萬元。）

從這兩句話可看出，雖然世上有很多劉先生，但只有這一位劉先生借過我兩百萬元，所以屬於非限定用法，這時的形容詞子句前後就要加逗點，形成以下的句子：

△Mr. Liu, who lent me two million dollars, is a thoughtful gentleman.

（11-20）

　　（劉先生，曾借給我兩百萬元，是很為別人著想（體恤他人的）的紳士。）

△He has a son who is a lawyer.　　　　　　　　（11-21）

　　（他有一個兒子在當律師。）

限定用法（指定用法），表示他這個兒子是在當律師，當然可能還有其他的兒子，至於有幾個，就不得而知了。

△He has a son, who is a lawyer.　　　　　　　　（11-22）

　　（他有一個當律師的兒子。）

為非限定用法，並未指定是那個兒子，所以一看便知，他只有一個兒子，而這個兒子是律師。

　　我們國人說話，有時不注意文法，常常引起很多誤解。我們緊接著上面的說明，聽下面一句話的涵義（甲、乙二人談起丙的兒子），甲說：

　　「他那個當醫生的兒子很有錢。」

　　（His son who is a doctor is very rich.）

這句話表示他不止只有一個兒子，很可能還有一個兒子當老師，另外一個兒子當律師。所以乙說：

「他那個當老師的兒子很窮。」

△（His son who is a teacher is very poor.）　　　　　　　（11–23）

現在甲、乙二人談起丁的兒子，丁只有一個兒子，甲說：

「他的兒子當律師，身體不健康。」

△（His son, who is a lawyer, is not healthy.）　　　　　（11–24）

現在我們看形容詞子句如何可轉換為形容詞片語：

可能是由於文法的差異，中國人說起話來，常使人覺得在「賣關子」。英文則不然，話一出口，是平敍句或疑問句，一聽就明白，而話中的內容，一開頭就交代得很明確，使聽者知道句中的大概涵義或主要內容，不像中國人說話，要聽到句尾，才能「蓋棺論定」。我們比較若干實例，便可分曉：

兩個人在交談，甲對乙說：

「約翰昨天晚上跟他的女朋友在公園裡的樹下散步。」（11–25）

這句話的重點是「約翰跟他女朋友散步」，但是乙一直要等甲說到最後才知道約翰跟他女朋友在做什麼。這話若用英文表示，乙一聽就能把握重點，請看英文的說法：

△John took a walk with his girl friend under a tree in the park last night.　　　　　　　　　　　　　　　　　　　　　　（11–26）

英文句子一開頭，便把約翰「散步」的重點標明出來，然後立刻說明跟誰散步，而發生的「地方」和「時間」可放在後面。不像中文，一開始就來一大堆「時」和「地」的片語，說了半天還弄不清到底是什麼事。當然英文絕不能依照（11–25）句中的次序寫，否則便不通了，例如像下面的寫法就非常奇怪：

John last night with his girl friend in the park under a tree took a walk.（×）

這是中文式的英文，說出來老外也能揣摩其中的意義，但是他們會暗自竊笑，說話的人文法不通。

若是甲向乙說（11-25）句，說到句子的最後時，再補上一個疑問字，那就成了疑問句，請看：

「約翰昨天晚上跟他的女朋友在公園裡的樹下散步<u>嗎</u>？」

上面這句話，要聽到最後一個「嗎」字才知道這句話是疑問句。但是若用英文表達，一開頭，就能讓聽的人知道是疑問句，請看：

△<u>Did</u> John take a walk with his girl friend under a tree in the park last night?
                                                              （11-27）

第一個字 "did" 一起頭，乙馬上就知道是疑問句。這一種表達的語法是英文獨特之處。

在《英文不難》一書中，曾經談過分詞的用法，現在我們更深入地探討分詞在句子中的「地位」。由於中文的動詞沒有變化（不像英文的動詞有現在式、過去式、過去分詞、現在分詞之分），所以國人說話感受不到分詞的作用，但若是用英文寫，就一目瞭然了，例如：

<u>常常被父母打的</u>孩子們總會變得膽小。   （11-28）

上句話中的主詞是「孩子們」，而「常常被父母打的」這個片語用以形容「孩子們」，是形容詞片語。中文的形容詞放在前面，而將被形容的名詞放在後面。英文正好相反，主詞要先標明出來，形容詞片語緊接在後面，請看（11-28）句的英文：

△The children often beaten by their parents will always be timid.
                                                              （11-29）

我們知道「打」（beat）的三變化是

　　beat　　beat　　beaten

（11-29）句中的 beaten 是過去分詞，曲線所劃的是片語，而且是分詞片語，用以形容前面的主詞 the children。上句是由形容詞子句簡化而來，即

△The children who are often beaten by their parents will always be
timid. (11-30)

將（11-30）句中的關係代名詞 who 及 be 動詞 are 省去，就成了（11-29）句，（11-29）句型在英文寫作中常常用到。過去分詞做形容詞用時，含有被動的意味；現在分詞做形容詞用時，有主動的意味。

我們把上面的句子稍微改一下，讓我們來看這一句話怎麼用英文表達：

常常打孩子的父母總是兇暴的。

句中的主詞是「父母」，而「常常打孩子的」是用以形容「父母」的，是形容詞片語，打孩子是主動，這時就要用現在分詞，切記現在分詞做形容詞用的時候，有主動的意味。上句的英文是這樣寫的：

△The parents often beating their children are always cruel.

cruel [ˈkruəl] 殘酷的。

這裡的打（beat）要用現在分詞（beating），因為父母打孩子，是主動語態。當然這句用現在分詞片語形容主詞 the parents 的結構也可用關係代名詞 who 所帶動的形容詞子句所取代：

△The parents who often beat their children are always cruel.

句中 who often beat their children 為形容詞子句，用以形容 the parents。

為更進一步了解分詞片語之用法，請看以下例句：

△The villa built on the hillside is very expensive. (11-31)

（建在山坡上的別墅非常昂貴。）

△The child bitten by the dog is frightened. （11–32）

（被狗咬到的小孩受到了驚嚇。）

△The letter written by me last night was mailed by my brother this morning. （11–33）

（我昨夜寫的信今早由我兄弟寄出去了。）

△The plate broken by him is very cheap. （11–34）

（被他打破的盤子非常便宜。）

△The mistakes made by the students should be corrected. （11–35）

（學生們所犯的錯應加以改正。）

由以上（11–31）～（11–35）五個例句中，可以看出英文句子中的主詞位於句首，形容詞片語緊跟在主詞之後。中文卻正好相反，所以在學習時不可不慎。

我們繼續看以下有分詞的句子：

△The top of the mountain is covered with snow. （11–36）

（山頂覆蓋白雪。）

這是一個被動式的句子，按字當譯為「山頂被雪覆蓋。」但一般我們用中文敍述時，常不將「被」字譯出，例如 The house was built in 1990. 我們通常譯成「這房子是 1990 年建的。」而不譯成「這房子是 1990 年被建的。」這是國人說話的習慣，人人都聽得懂，不過卻也為我們帶來學習英文的困擾。

我們再回頭看（11–36）句，若將這個句子改為以下的中文句子：

「那白雪覆蓋的山頂高聳天際。」

該如何寫成英文呢？我們就得將（11–36）中的字稍做變化，把「白雪覆蓋的」做為形容詞片語，而整句成為

△The top of the mountain covered with snow is high up in the sky.

(11-37)

我們再看下一句：

△The garden on the hillside is filled with roses.　　　　（11-38）

（在山坡上的花園長滿了玫瑰花。）

這也是一個被動的句子，現在要問：

「在山坡上長滿了玫瑰的花園」

這個名詞片語[註1] 如何寫成英文？我們可將（11-38）句中的 be 動詞（即 is）去掉，而成

・the garden filled with roses on the hillside

今若要翻譯以下的句子

「在山坡上長滿了玫瑰的花園是我叔叔的。」就非常容易了：

△The garden filled with roses on the hillside belongs to my uncle.

(11-39)

很清楚的可以看出來，這句子的主詞是花園，主句是花園是我叔叔的，形容詞片語是插進去的，用以形容花園（garden），但須跟在 garden 之後，而在中文裡，這個形容詞片語卻要放在花園之前。在我們學習英文的過程中，若能將先後本末的道理搞懂，則英文真的是不難了。我們的古聖先賢所說的「物有本末，事有終始，知所先後，則近道矣。」這句名言也可用在學習英文上，真是天下道理，一通則百通了。

看完過去分詞之後，緊接著看現在分詞。在文法上，現在分詞和過去分詞是兩個相對的字，現在分詞是將動詞的原形加 ing 所構成

[註1]　「在山坡上長滿了玫瑰的花園」雖然有 12 個字，但卻不是句子（sentence），而是片語（phrase）。這個片語當做名詞之用，所以稱為名詞片語（noun phrase）。

〔註2〕。而過去分詞就得花工夫去記憶。前面我們曾經介紹過，現在分詞做形容詞之用時，有主動的意味;過去分詞做形容詞之用時，有被動的意味。讓我們來看現在分詞的妙用。

△The man is building his house on solid rock. （11-40）

（這個人正在堅石上建他的房子。）

這是一個主動的句子，而且是進行式。我們若說「這個 正在堅石上建他的房子的人」，這就不再是句子了，而是片語，是名詞片語。這時可寫成

the man building his house on solid rock

這一種寫法弄通之後，要翻譯下面的句子就易如反掌了:

「這個正在堅石上建他的房子的人是明智的。」

△The man building his house on solid rock is wise. （11-41）

其中 building his house on solid rock 是由現在分詞 building 所帶動，而整個片語是做形容詞之用，形容 the man，所以在文法上稱為分詞形容詞片語。這些文法上的「術語」可不必去強記，只要把基本道理搞通，自然就會做文法上的分析。

同法，我們可寫出下列的句子:

△The man is building his house on loose sand. （11-42）

（這個人正在鬆軟的沙上建他的房子。）

△The man building his house on loose sand is foolish. （11-43）

（這個正在鬆軟的沙上建他的房子的人是愚蠢的。）

△The dog is barking at her. （11-44）

〔註2〕 當然也有些例外，例如字尾若有 e，則去 e 加 ing，例如 come→ coming，take→ taking 等。若字尾第二字為母音，則須再補一個該字尾之字母，再加 ing，例如 sit→ sitting, swim→ swimming 等。

（這隻狗對著她吠。）

△The dog barking at her will bite her. 　　　　　　　　（11–45）

（這隻向她吠的狗會咬她。）

△The fish swimming in the pond is trout. 　　　　　　（11–46）

（這條在池塘裡游的魚是鱒魚。）

△The bird singing in the cage is a lark. 　　　　　　（11–47）

（這隻在籠中歌唱的鳥是雲雀。）

△The student speaking German is John. 　　　　　　（11–48）

（這位說德語的學生是約翰。）

△The sheep eating grass on the hillside can run very fast. 　（11–49）

（那隻在山坡上吃草的羊能跑得很快。）

△The pupils playing bridge in the classroom are naughty. 　（11–50）

（那些在教室裡玩橋牌的小學生很頑皮。）

△The man standing by the door can sing very well. 　　（11–51）

（站在門邊的那個人歌唱得很好。）

△The leaves falling from the maple trees are red. 　　　（11–52）

（從楓樹上落下的樹葉是紅色的。）

△The clouds drifting in the sky are silver. 　　　　　（11–53）

（在天空上漂移的雲是銀白色的。）

△The trees growing on the mountain are evergreen. 　　（11–54）

（長在山上的樹終年常綠。）

△The villa built by the sea shore belongs to me. 　　　（11–55）

（建在海邊的別墅是屬於我的。）

△The house burnt down yesterday was built three years ago. （11–56）

（昨天燒燬的房子是三年前建的。）

△The airplane flying high in the sky is a jet plane. 　　（11–57）

（高高的飛在天上的飛機是噴射機。）

△The flowers blooming in the garden are roses. 　　（11–58）

（開在花園裡的花是玫瑰。）

△The grass eaten by the sheep is green. 　　（11–59）

（被羊吃的草是綠的。）

△The leaves falling from the trees are red. 　　（11–60）

（從樹上落下的葉子是紅的。）

△The bees buzzing around are busy working. 　　（11–61）

（在四周嗡嗡作響的蜜蜂正忙著工作。）

△The hive built by the bees hangs on the trees. 　　（11–62）

（蜜蜂造的蜂巢懸掛在樹上。）

△The plate broken by him is expensive. 　　（11–63）

（被他打破的盤子是昂貴的。）

△The books sold in this bookstore are cheap. 　　（11–64）

（在這書店賣的書很便宜。）

△The farmer working on the field is my uncle. 　　（11–65）

（在田野裡工作的農夫是我的叔父。）

△The homework done by this student is very difficult. 　　（11–66）

（這個學生做的功課很難。）

△The car driven by the young man is made in Taiwan. 　　（11–67）

（這年輕人開的車子是臺灣製的。）

△The old lady standing by the door is waiting for her son. （11–68）

（站在門旁的老婦人正在等候她的兒子。）

△The water flowing in Yellow River is always yellow. 　　（11–69）

（在黃河流的水總是黃的。）

△The letter written in German is written by a German.　　（11–70）

（這封用德文寫的信是一個德國人寫的。）

第*12*章　副詞子句 (adverb clause) 與副詞片語 (adverb phrase)

　　我們知道，形容名詞要用形容詞，形容動詞要用副詞。在討論副詞子句之前，先看看副詞的作用。副詞除了可用來形容動詞之外，還可用來形容形容詞和其他的副詞。這些在《英文不難》一書中曾經說明過。現在我們要探討的副詞子句有什麼作用呢？我們先複習前面談過的名詞子句和形容詞子句：

　　△I know that he is a polite student.（名詞子句）　　　　　（12–1）

　　　（我知道他是一個有禮貌的學生。）

　　△He is a student who speaks politely.（形容詞子句）　　　（12–2）

　　　（他是個說話有禮貌的學生。）

　　現在請看以下的句子：

　　△I saw my teacher when I entered the classroom.　　　　　（12–3）

　　　（我走進教室時看到我的老師。）

其中when I entered the classroom是一個子句，它用來形容saw，形容何時看到，既然用來形容動詞，當然具有副詞的作用，於是稱之爲副詞子句。

　　副詞子句也可放在主句"I saw my teacher."之前，但此時須加一

逗點，即如以下句子：

△When I entered the classroom, I saw my teacher. （12-4）

再看以下句子：

△He went to bed after he had done his homework. （12-5）

（他做完家庭作業後便去就寢。）

上句中底線所標示的子句是副詞子句，它形容動詞went。副詞子句亦可置於主句 "He went to bed." 之前，但須加一逗點，即

△After he had done his homework, he went to bed. （12-6）

事實上，凡是由連接詞 after, as, because, if, when, while, since 等帶動的子句，用以形容動詞或全句時，都稱為副詞子句。有時副詞子句可改成副詞片語。例如（12-4）以副詞片語表示，則為：

△Entering the classroom, I saw my teacher. （12-7）

（12-6）可用副詞片語表示，成為以下的句子：

△After having done his homework, he went to bed.

其他副詞子句和副詞片語的例子很多，我們舉若干例句供作參考。

副詞子句因其在句子中所扮演的角色之不同，可用以表示時間、原因、作用與目的。表示時間的副詞子句很多，以下列舉若干句（有底線者即副詞子句）：

△After he graduates from the university, he will get a job. （12-8）

（他大學畢業之後，他將找一個工作。）

△After he graduated from the university, he got a job. （12-9）

（在他大學畢業之後，他找到一個工作。）

△When I came back home, my son had already done his homework.

（12-10）

（當我回到家時，我的兒子已經做完他的功課。）

△When I visited him yesterday, he was doing his homework. （12–11）

（當我昨天拜訪他時，他正在做功課。）

△By the time you come back home, I will have finished doing my homework. （12–12）

（在你回來之時，我將已經做完功課了。）

△By the time he arrived, she had already left. （12–13）

（在他到達之時，她已經離去了。）

△He will leave before you come here. （12–14）

（在你來此之前，他將離去。）

△He had left before you came here. （12–15）

（在你來此之前，他已經離去。）

△I will keep on taking care of my mother as long as she lives.

（12–16）

（只要我母親在世一天，我將時時照顧她。）

△I stayed there till he came back home. （12–17）

（我逗留在那兒，直到他回家。）意即他回到家我才離去。

從上面的例句可以看出，副詞子句須用after, when, by the time, before, till 等詞帶領，這些詞類在文法上稱為從屬連詞（subordinator）。這類從屬連詞還有很多，如下列例句中有底線所示者：

△While the cat is away, the mice will play. （12–18）

（在貓不在的期間，老鼠會戲耍。意即閻王不在，小鬼翻天。諺語）

△Since I came here, I have not seen him. （12–19）

（從我來到這裡的時候到現在，我一直都沒見到他。）

△As soon as it stops raining, We start to work.　　　　（12–20）

（雨一停，我們就開始工作。）

　　以上十三句（12–8～ 12–20）中的副詞子句都是用以表示時間的副詞子句。以下我們看一些表示原因、目的與作用的副詞子句：

△Because he was tired, he went to bed early.

＝He went to bed early because he was tired.　　　　（12–21）

（因為他疲倦了，所以很早就寢。）

△As the dry cell has no liquid in it, it can be carried in any position.

　　　　　　　　　　　　　　　　　　　　　　　　（12–22）

（由於乾電池裡面沒有液體，攜帶時可置於任意位置。）

△He comes here in order that he can study German.　　（12–23）

（他來這兒為了能學德文。）

△He works hard so that he can earn much money.　　（12–24）

（他努力工作為了能賺很多錢。）

△He is working hard for fear he should fail.　　　（12–25）

（他努力工作，以免失敗。）

　　以上五句（12–21～ 12–25）副詞子句中用到的從屬連詞是because, as, in order that, so that, for fear, 當然還有很多其他的從屬連詞，例如以下例句中有底線者即是：

△No matter how cold it may be, he works the whole day long.

　　　　　　　　　　　　　　　　　　　　　　　　（12–26）

（無論天有多冷，他都整天工作。）

△Now that the examination is over, I am going to take a rest a few

　days.　　　　　　　　　　　　　　　　　　　　（12–27）

（既然考試已過，我要休息幾天。）

副詞子句跟形容詞子句一樣，可經過刪簡而形成副詞片語。若能了解形容詞片語之寫法，則副詞片語亦不難了解。要特別留意的是主要子句的主詞跟副詞子句的主詞要配搭得好，以下看幾個例句：

△While I was walking in the park, I met my teacher. 　（12–28）

（當我走在公園裡的時候，我遇到我的老師。）

由於主要子句和副詞子句中的主詞相同，都是 I，所以可改成副詞片語：

△While walking in the park, I met my teacher. 　（12–29）

$\triangle \begin{cases} \text{While John was sitting at the desk, he fell asleep.} \\ \Rightarrow \text{While sitting at the desk, he fell asleep.} \end{cases}$ 　（12–30）

（約翰在桌邊坐著，睡著了。）

$\triangle \begin{cases} \text{When the boy was told to go to school, he started to cry.} \\ \Rightarrow \text{When told to go to school, the boy started to cry.} \end{cases}$ 　（12–31）

（當有人告訴這個男孩要上學時，他就開始大哭。）

副詞片語的用法比名詞子句、形容詞子句、形容詞片語較難掌握，尤其是主要子句的主詞跟副詞子句的主詞要配搭得宜，前後呼應，方才不會使語意含糊不清，甚至鬧出笑話來，在以下的章節中，我們還要對名詞子句（片語），形容詞子句（片語），副詞子句（片語）做更深入的探討。

第13章　名詞、形容詞和副詞子句與片語的綜合說明

　　我們曾經在《英文不難》一書中提過英文有八大詞類。其實，其他的語文亦應如此，這是極其自然的現象。因爲在天地間，必有萬物，因此有名詞（noun），既有物，必有所指，於是有代名詞（pronoun）。有萬物，必有變化，若無變化，則天地間將呈現一片死寂，於是有動詞　（verb）。萬物如何描繪？可用以形容名詞者爲形容詞（adjective）；萬物的變化如何描繪？可用以形容動詞者爲　副詞（adverb）。又萬物之間必有相對之關係，於是有介系詞（preposition）（或簡稱介詞），而萬物之間、變化之間又有連接之關係，所以有連接詞　（conjunction）。最後，由於世界太美好，天地太奇妙，宇宙浩瀚，令人讚歎，所以有　感歎詞（exclamation）。八大詞類因此而來，這樣的說明雖然有些牽強，但總是出於一理。讀書的目的在於「明理」，明理方能「達變」。讀英文也不外明這個「理」字，「理」一通則百通。英文的「理」就是文法，而學好文法不能單憑死記強背，還要用到活的邏輯推理。

　　學好英文的最終目的是能聽懂別人所講的（to be able to understand what other people say）；而所講的別人能懂（say what other people are able to understand）；能看懂別人所寫的，而所寫的別人能懂。

　　無論言談也好，寫作也好，總要用字簡潔，詞能達意，否則贅字

連篇，不但多餘，而且常會使人困惑，例如以下的例句就使人不解：

When only five, his father taught him how to write. （×）（13-1）

這句話的意思是「在只有五歲時，他的父親就教他寫字。」這豈不令人發笑？父親怎麼可能在五歲時教他寫字？怎可能有五歲的父親？當然這話的真正涵義是「在他只有五歲時，他的父親就教他寫字。」（13-1）的正確寫法應是

△When he was only five, his father taught him how to write. (13-2)

由於（13-1）中副詞片語的主詞被誤認為是主要子句的主詞 his father，所以才會造成誤解。若想保留（13-1）句中的副詞片語，則必須使主要子句的主詞由 his father 改成 he，如此才不致使人迷惑，此時當然要用被動的形式：

△When only five, he was taught how to write by his father. （13-3）

（當只有五歲時，他就被他的父親教寫字。）

所以在用副詞片語或副詞子句時，要特別注意它的主詞跟主要子句的主詞要前後呼應。請再看下一例句：

While asleep in the library, somebody stole his dictionary. （×）

（13-4）

這句話也令人不解，因為它的意思是「當在圖書館睡著的時候，有人偷了他的字典。」在圖書館常常有所謂「雅賊」偷書，但總不可能像（13-4）句所寫的「有人睡著了，偷他的字典。」顯然，這又犯了副詞片語跟主要子句的主詞不一致的毛病，將（13-4）句稍加修正，意思就明確了：

△While he was asleep in the library, somebody stole his dictionary.

（13-5）

（當他在圖書館裡睡著的時候，有人偷走了他的字典。）

請留意，（13-4）不能模仿（13-3）改成被動，若改成被動，就會使人大惑不解了：

While asleep in the library, his dictionary was stolen by somebody.

（×）　　　　　　　　　　　　　　　　　　　　　　（13-6）

這句話讓人誤以爲是「當他的字典在圖書館裡睡著的時候，被某人偷走了。」字典怎麼會睡覺？（13-6）句令人看了豈不捧腹大笑。

因此，副詞子句（或副詞片語）的主詞跟主要子句的主詞是否一致，應特別留神，稍一不慎，一字之差，就會貽笑大方。再看以下的例句。

While sitting by the door, the sun set.　（×）　　　　（13-7）

這又是一句不合邏輯的笑話：「當太陽坐在門邊時，下山了。」當然不通！正確的寫法是：

△While I（or somebody）was sitting by the door, the sun set.

（13-8）

（當我（或某人）坐在門邊時，太陽下山了。）

或可改爲：

△While sitting by the door, I saw the sun set.　　　　（13-9）

（當坐在門邊時，我看到太陽下山了。）

（13-9）句中的從屬連詞 While 可略去，而形成一分詞片語，這分詞片語就是副詞片語，即：

△Sitting by the door, I saw the sun set.　　　　　　（13-10）

（坐在門邊，我看到太陽下山。）

另外請看一句有副詞片語的句子，仔細分析，有否毛病：

Walking in the campus, squirrel was eating a walnut.（×）

這當然又是不通的句子：「松鼠在校園裡步行，正在吃核桃。」怎麼

可能? 可改爲:

　△Walking in the campus, I saw a squirrel eating a walnut.　（13–11）

　　（當走在校園裡的時候, 我看到一隻松鼠正在吃核桃。）

　　以下的句子都有毛病, 修改的方式不只一種, 這裡所提供的乃其中之一:

　　While in the bathtub, the door bell rang.　（×）

　　令人誤以爲「在浴池裡, 門鈴響了。」（門鈴怎可能在浴池裡!）

　△while I was in the bathtub, the door bell rang.　　　　（13–12）

或△While in the bathtub, I heard the door bell ring.　　　（13–13）

　　（當我在浴池裡的時候, 我聽到門鈴響了。）

　　After fixing the engine, the car started again. （×）

　　令人誤以爲「車子修好了引擎, 又開動了。」

應改爲:

　△After he fixed the engine, the car started again.　　　（13–14）

　　（在他修好引擎之後, 車子又開動了。）

或△After fixting the engine, he started the car again.　　（13–15）

　　（在修好引擎之後, 他又啓動車子了。）

　　Reading a novel, the puppy sat in his lap.　（×）

　　令人誤以爲「小狗在看小說, 坐在他的膝上。」

可改爲:

　△While he was reading a novel, the puppy sat in his lap.　（13–16）

　　（當他看小說時, 小狗坐在他的膝上。）

或△Reading a novel, he let the puppy sit in his lap.　　　（13–17）

　　（在看小說時, 他讓小狗坐在他的膝上。）

第14章　掌握動詞的變化

　　唸英文，若能掌握動詞，尤其是知道何處用過去分詞，何處用現在分詞，方可掌握英文的結構，才能寫出正確的英文句子來。不規則動詞的現在式、過去式和過去分詞須加以強記，現在分詞只須將動詞原形加 ing 即可。過去式切不可跟 to have, to be 或 to get 連用，而過去分詞必須跟 to have, to be 或 to get 連用。現在列舉若干常用但較難的不規則動詞供作參考：

1. arise	（起來）arose	arisen
2. awake	（醒）awoke	awake 或 awakened
3. bear	（忍受，生）bore	born 或 borne
4. beat	（打）beat	beat 或 beaten
5. bite	（咬）bit	bit 或 bitten
6. bleed	（流血）bled	bled
7. bring	（攜帶）brought	brought
8. burst	（爆裂）burst	burst
9. choose	（選擇）chose	chosen
10. dig	（掘）dug	dug
11. draw	（拉）drew	drawn
12. drive	（駕駛）drove	driven
13. fall	（落下）fell	fallen

14. feel	（感覺） felt	felt
15. fight	（戰鬥） fought	fought
16. fly	（飛） flew	flown
17. forbid	（禁止） forbade	forbidden
18. forget	（忘記） forgot	forgot 或forgotten
19. forsake	（捨棄） forsook	forsaken
20. grow	（生長） grew	grown
21. hang	（懸掛） hung	hung
	（絞死） hanged	hanged
22. hide	（隱藏） hid	hid 或 hidden
23. hurt	（傷害） hurt	hurt
24. lay	（放置） laid	laid
25. lead	（領導） led	led
26. leave	（離開） left	left
27. lend	（借出） lent	lent
28. let	（讓） let	let
29. lie	（躺臥） lay	lain
30. ride	（騎，乘） rode	ridden
31. seek	（尋覓） sought	sought
32. shake	（搖動） shook	shaken
33. shrink	（縮） shrank 或 shrunk	shrunk 或 shrunken
34. slay	（殺） slew	slain
35. sling	（投擲） slung	slung
36. spin	（紡） spun	spun

37. spring	（跳躍）sprang	sprung
38. steal	（偷）stole	stolen
39. sting	（刺痛）stung	stung
40. strike	（打擊）struck	struck
41. swear	（發誓）swore	sworn
42. swing	（搖擺）swung	swung
43. tear	（撕）tore	torn
44. wear	（穿）wore	worn
45. write	（寫）wrote	written
46. read	（讀）read	read
47. shine	（照耀）shone	shone
	（擦亮）shined	shined
48. set	（安置，降落）set	set

　　有幾個常常用錯的動詞，先提出做參考。

△The sun shone yesterday.　　　　　　　　　　　　（14–1）

　　（昨天陽光普照。）

△I have shined my shoes.　　　　　　　　　　　　（14–2）

　　（我已擦亮我的鞋子。）

shine 當不及物動詞用時，其意義為「照耀」；當及物動詞用時，為「擦亮」，從動詞三變化表中

△$\begin{cases} \text{shine} & \text{shone} & \text{shone} & （照耀） \\ \text{shine} & \text{shined} & \text{shined} & （擦亮） \end{cases}$　　（14–3）

可看出若在後面加 "ed"，則做及物動詞之用。再看 "hang" 一字，此字亦有二解，舉例說明：

△He hangs his coat on the clothes-peg.（現在式）　　　　（14-4）

（他把他的外套掛在衣釘上。）

△He hung his coat on the clothes-peg.（過去式）　　　　（14-5）

△The murderer was hanged.　　　　（14-6）

（殺人犯被絞死。）

△They hanged the criminal.　　　　（14-7）

（他們將罪犯絞死。）

若上句的動詞用錯了，寫成

△They hung the criminal.　　　　（14-8）

（他們將罪犯掛起來。）

意思是他們把罪犯「吊」起來，並非「絞死」。所以一字之差，意義就有天壤之別。

△$\begin{cases} \text{hang　hung　hung　（懸掛）} \\ \text{hang　hanged　hanged　（絞死）} \end{cases}$　　　　（14-9）

現在我們看下列的句子應填那個字：

△The picture is ＿＿？＿＿ on the wall.

（這圖畫被掛在牆上。）

答案應是hung，即hang的過去分詞。絕不可能是hanged，否則成了

△The picture is hanged on the wall.

（這圖畫被絞死在牆上。）

就要鬧出笑話來了。

下面一段是一首老歌「你是我的陽光」（You are my sunshine）中的詞句：

△The other night dear, as I lay sleeping. I dreamt I held you in my arms. As I awoke dear, I was mistaken. So I ＿＿？＿＿ my head and cried.

意思是「有一天晚上，在睡夢中，我夢到把你摟在懷裡。但醒來時，才知道我弄錯了，於是我垂頭哭泣。」

其中一個空格應填 hanged 或 hung? 當然是 "hung"，如果記錯歌詞，把 hang 的三變化搞混，誤記成 hanged，就變成「我絞我的頭而哭泣。」豈不好笑!

我們可以看出加了 "ed"，就是做及物動詞之用，很 shined 一樣，所以很容易記。

緊接在 shine 與 hang 兩個字之後，最容易使人混淆的兩個字是

$$\triangle \begin{cases} \text{lie （躺臥）lay} & \text{lain} & \text{（不及物動詞）} \\ \text{lay （放置）laid} & \text{laid} & \text{（及物動詞）} \end{cases} \qquad (14-10)$$

請留意 lie 的過去式 lay 正好是「放置（lay）」。我們舉幾個例子說明兩者的用法

△He lies in bed the whole day long.　　　　　　　　（14-11）

　（他終日躺在床上。）

△The book lay open on my desk.　（lie 的過去式）　　（14-12）

　（書翻開著放在我的書桌上。）

△A happy future lies before you.　　　　　　　　　（14-13）

　（幸福的未來呈現在你的面前。）

△He laid the vase on the table.　　　　　　　　　　（14-14）

　（他把花瓶放置在桌上。）

△He laid himself upon the bed.　　　　　　　　　　（14-15）

　（他躺在床上。字意為他把他放置在床上。）

　lie 亦可做「撒謊」解，例如:

△He lies.　　　　　　　　　　　　　　　　　　　　（14-16）

（他說謊。）

△You are lying.　　　　　　　　　　　　　　　　　（14–17）

（你在說謊。）

lay 亦可做「產卵」解，例如：

△The hen has laid an egg.　　　　　　　　　　　　（14–18）

（這隻母雞已經生了一個蛋。）

另外還有一個動詞 leave（離開）很容易跟 leaves（leaf 的複數）相混，leaf（樹葉）。

leave（離開）　　　left　　　left　　　　　　　　（14–19）

△He left Tainan for Taipei.　　　　　　　　　　　（14–20）

（他離開臺南到臺北去。）

△The leaves on the trees hang trembling.　　　　　（14–21）

（樹葉懸在樹上顫動著。）

leave 亦有「任……」之意，舉例說明比較容易了解：

△He leaves the weeds growing in the yard.　　　　（14–22）

（他任雜草在院子裡叢生。）

△He leaves the door open.　　　　　　　　　　　（14–23）

（他任門開著，亦即他讓門開著。）

△He leaves the other ninety-nine sheep eating grass on the hill side and goes to look for the lost sheep.　　　　　　　　（14–24）

（他任其他九十九隻羊在山坡上吃草，而去尋找那隻遺失的羊。亦即他讓其他九十九隻羊……。）

△He leaves the leaves left on the grass.　　　　　（14–25）

（他任樹葉留在草地上。）

請留意（14–25）句的 left 是 leave 的過去分詞（請看（14–19）），做為它前面受詞 leaves（樹葉）的補語。

第15章 八大詞類相互之關係

我們常常說學英文就像建樓房一樣，詞彙好比材料，文法好比結構。在使用各種材料時，它們彼此之間相互的關係，都要分清先後、本末、表裡、終始的規範。比如水泥一定要包在鋼筋的外部，瓷磚一定是最後貼在牆的外表；砂和水泥和勻之後才加水攪拌等等，都有一

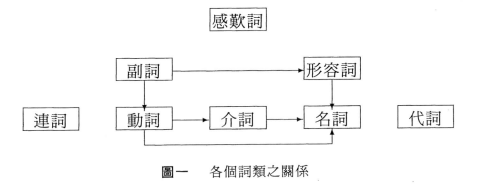

圖一　各個詞類之關係

定的程序。英文也是一樣，形容詞不能跟動詞攪和在一起，副詞不能跟名詞攪和在一起等等，也都有一定的規矩，絲毫錯亂不得。

圖一為八大詞類之關係圖，箭頭方向表示順著箭頭可以相隨，例如副詞到形容詞，可用箭頭相連，表示副詞可用以修飾形容詞。副詞可修飾動詞。形容詞修飾名詞。動詞可接介詞。介詞要接名詞（嚴格說，介詞要接受格）。動詞可接名詞（或代名詞）等。

現在我們開始看這些詞類的用法，有些詞類不能混淆，否則就不合文法規則了。先舉幾個簡單的例子：

He lives happy.（×）

live是動詞，要用副詞修飾，happy是形容詞，不能用以修飾動詞，所以必須改成副詞 happily。

He lives happily.（○）　　　　　　　　　　　　　　　　　　（15–1）

（他生活得很幸福。）

我們在上段說明中提過，副詞可用以修飾形容詞，形容詞不能用以修飾形容詞。請看下例：

It is complete ruined.（×）

意思是「它完全被摧毀了。」ruined是過去分詞，此處可做形容詞之用，complete是形容詞，其字意為「完全的」，今欲修飾形容詞的 ruined，必須用副詞，所以應將 complete加 ly，變成副詞completely，做修飾 ruined之用：

It is completely ruined.（○）　　　　　　　　　　　　　　（15–2）

再看下句：

Look at I and listen to he.（×）

at, to 為介系詞。介詞後面要接受格，而名詞或代名詞才可以做受格，所以上句要改為

Look at me and listen to him.（○）　　　　　　　　　　　（15–3）

（注視我並且聽他說話。）

我們知道動詞是不能用來做主詞或受詞的，例如下句就有文法上的錯誤：

I like swim.（×）

swim（游泳）是動詞，不能做 like 的受詞，所以必須改成動名詞 swimming才行，即

I like swimming.（○）　　　　　　　　　　　　　　　　　（15–4）

（我喜歡游泳。）

下一句也有錯誤：

　　Take a walk in the park is good for the health. （×）

　　Taking a walk in the park is good for the health. （○）　　　（15–5）

　　（在公園散步有益健康。）

　　以下我們繼續看各種詞類的適當使用法，有些基本法則是要牢記在心的。

第16章　適當地使用副詞和形容詞

在我們學習中文的過程中，並不太在意中文的文法結構，通常我們只管話說得順口，文句寫得通順，並不會想到什麼是形容詞，什麼是副詞，那個字修飾某個字。例如：

△他是一個<u>快</u>的賽跑者。

（He is a <u>fast</u> runner.）　　　　　　　　　　　　　　　（16–1）

此處 fast 為形容詞。

△他跑得<u>快</u>。

（He runs <u>fast</u>.）　　　　　　　　　　　　　　　　　　（16–2）

此處 fast 為副詞。

△他跑得<u>很快</u>。

（He runs <u>very fast</u>.）　　　　　　　　　　　　　　　　（16–3）

fast 為副詞，very 亦為副詞，所以副詞可修飾其他的副詞。

△他是一個<u>很快</u>的賽跑者。

（He is a <u>very fast</u> runner.）　　　　　　　　　　　　　（16–4）

very 是副詞，用以形容 fast（此處當做形容詞）。

請留意，本來副詞是由形容詞加 ly 而來，fast 是形容詞，也是副詞，沒有 fastly 一字。

我們得到一個重要的文法規則：

副詞可用以修飾動詞、形容詞或其他的副詞。　　　　　　（16–5）

形容詞可用以修飾名詞或做受詞的補語。

以下我們用一些實例說明副詞和形容詞的用法:

He is a cruelly man. He treats his friends cruel.　（×）

He is a cruel man. He treats his friends cruelly.　（○）　　（16–6）

（他苛待他的朋友。）

treat（對待）是動詞，cruel（殘酷的，冷酷的）是形容詞。修飾「對待」，當然要用副詞，所以將 cruel 加 ly。

I can see the snail clear.　（×）

應改為:

△I can see the snail clearly.　（○）　　　　　　　　　　（16–7）

（我能很清楚地看到這隻蝸牛。）

clearly 是副詞，用以修飾動詞 see。

He is （real）cruel to his friends.　（×）

cruel 是形容詞，不能用 real（真確的，真正的）修飾形容詞，根據文法，real 要用副詞 really。

△He is really cruel to his friends.　（○）　　　　　　　（16–8）

（他真的苛待他的朋友。）

You have to be awful careful to catch the deer.　（×）

awful（了不得的）是形容詞，不能用以修飾 careful（小心的），所以須將 awful 加 ly，成為副詞 awfully。

△You have to be awfully careful to catch the deer.（○）　　（16–9）

（捉這隻鹿你得非常小心。）

雖然能用以修飾動詞的是副詞，但有些特殊的動詞要用形容詞加以修飾，例如:

△She looks pretty.　　　　　　　　　　　　　　　　　（16–10）

（她看來很美。）

△The flowers smell good.　　　　　　　　　　　　（16–11）

　（花聞起來很香。）

△The engine sounds too loud for my ears.　　　　（16–12）

　（引擎對我的耳朵來說聲音太大了。）

△The cake tastes sweet.　　　　　　　　　　　　（16–13）

　（這蛋糕味道嚐起來很甜。）

△It feels smooth.　　　　　　　　　　　　　　（16–14）

　（它使人摸上去感覺很光滑。）

　　上面五句中曲線所標示者爲五官動詞，直線所標示者爲形容詞。
五官動詞即視覺、嗅覺、聽覺、味覺和觸覺。我們得到一結論：

五官動詞要用形容詞修飾。　　　　　　　　　　（16–15）

　　請繼續看下面令人尋味的句子：

△The man smells badly.　　　　　　　　　　　　（16–16）

　（這個人嗅覺很差。）

此句中的 smells 是動詞，所以用 badly（副詞）來修飾動詞 smells。

△The man smells bad.　　　　　　　　　　　　（16–17）

　（這個人聞起來很不好。）

意思是這人身上發出難聞的味道。可能是三年不曾洗澡吧！此句中的
smells 是五官動詞，所以後面接形容詞。

　　大部分的副詞是由形容詞加 ly 而成，例如：

$$\triangle \begin{cases} \text{loud} \rightarrow \text{loudly} \\ \text{bad} \rightarrow \text{badly} \\ \text{kind} \rightarrow \text{kindly} \end{cases}$$

就是幾個簡單的例子，但也有些例外，例如

　　　　fast → fast

（快）fast 是形容詞，也是副詞。

有一個字要特別留意的是

　　　　hard → hard

是形容詞，也是副詞。

hard 加 ly 成 hardly 不是 hard 的副詞，而成另外一個意思，請看以下例句：

　　△He works hard.　　　　　　　　　　　　　　　　（16–18）

　　　（他工作努力。）

這裡的 hard 是副詞，修飾 works，表示努力工作或工作勤奮。但是若寫成

　　△He hardly works.　　　　　　　　　　　　　　　（16–19）

　　　（他幾乎不工作。）

這裡 hardly 的意思是「幾乎不」，它已經不是副詞了，不過它還具有副詞的形式。

　　△It is easy to say, but it is hard to do.　　　　（16–20）

　　　（說容易，做難。）

hard 在這句中是形容詞。

　　有些副詞具有兩種形式，其一有 ly，另一沒有。若看到路邊的指示牌上寫的 "Drive Slow" 或 "Ride Slow"。別以為是文法錯誤，它含有命令的意思。通常有 ly 形式的副詞適用於正式的說話場合或文體，而沒有 ly 的可用於較不正式的說話場合或文體，尤其用於命令。以下是若干例子：

△ {
deep　　　Drink deep.　　　　　　　　　　　　　　（16–21）
　　　　　（暢飲，痛痛快快地喝。）
deeply　　He felt the sorrow deeply.　　　　　　（16–22）
　　　　　（他深深地感受到這種悲傷。）
}

△ {
fair　　　Play fair.　　　　　　　　　　　　　　（16–23）
　　　　　（公正地比賽。）
fairly　　He dealt fairly with her.　　　　　　　（16–24）
　　　　　（他公平地對待她。）
}

△ {
high　　　The airplane flies high in the sky.　　（16–25）
　　　　　（飛機高高地飛在天上。）
　　　　　Aim high in life.　　　　　　　　　　　（16–26）
　　　　　（字義: 在生命中目標要訂得高, 或人生要力爭上
游。）
highly　　She thinks highly of me.　　　　　　　（16–27）
　　　　　（她很看重我。）
}

△ {
loose　　　The shoes fit too loose.　　　　　　　（16–28）
　　　　　（這雙鞋子太鬆了。）
loosely　　Tie the rope loosely to the stick.　　（16–29）
　　　　　（將繩子鬆鬆地綁在梗子上。）
}

△ {
quick　　　Go quick!　　　Come quick!　　　　　（16–30）
　　　　　（快去!）　　　　（快來!）
quickly　　She left quickly.　　　　　　　　　　（16–31）
　　　　　（她快快地離去。）
}

$\triangle\begin{cases}\text{slow} & \text{Drive \underline{slow}! \qquad Ride \underline{slow}!} & (16\text{--}32) \\ & （慢駛！） \qquad\quad （慢\underline{騎}！） \\ \text{slowly} & \text{He speaks \underline{slowly}.} & (16\text{--}33) \\ & （他慢\underline{慢地}說。）\end{cases}$

$\triangle\begin{cases}\text{soft} & \text{Speak \underline{soft}!} & (16\text{--}34) \\ & （\underline{低聲}說話！） \\ \text{softly} & \text{She speaks \underline{softly}.} & (16\text{--}35) \\ & （她說話\underline{輕聲細語}。）\end{cases}$

$\triangle\begin{cases}\text{tight} & \text{Tie the rope \underline{tight}, please!} & (16\text{--}36) \\ & （請把繩子綁\underline{緊}！） \\ \text{tightly} & \text{He held her \underline{tightly} in his arms.} & (16\text{--}37) \\ & （他\underline{緊緊地}把她摟在懷裡。）\end{cases}$

以下有許多例句，請選出正確答案。（答案附句尾）

△She feels （sad，sadly） about the loss of her cat. 　　　（sad）

（她對貓的遺失感到難過。）五官動詞，所以接形容詞。

△The gloves feel （bad，badly） on my hands. 　　　　　（bad）

（手套不合我的手。）

△The brown table looks （good，well） in the dining room. （good）

（這張棕色的餐桌在飯廳看起來很好。即很搭調之意。）

△The pork tastes （horrible，horribly）. 　　　　　　　（horrible）

（這豬肉味道糟透了。）五官動詞，接形容詞。

△Even though I burned my tongue, I can still taste very （good，

well）. 　　（well）（雖然我燙到我的舌頭，但是我的味覺仍然很

好。）這裡指舌頭的功能很好。

△The water feels （cold, coldly）. 　　　　　　　　（cold）

　（水很冷。）

△The teacher said his chances for success look （good, well）.

　　　　　　　　　　　　　　　　　　　　　　　　（good）

　（老師說他成功的機會看好。）

△The roses look（beautiful, beautifully）in the garden.（beautiful）

　（玫瑰花在花園裡看來真美。）

△The silk feels so nice and （soft, softly）. 　　　　　（soft）

　（絲摸起來感覺美好而柔軟。）

△His voice sounds （harsh, harshly）to me. 　　　　（harsh）

　（他的聲音在我聽來很刺耳。）

△The perfume smells （divine, divinely）. 　　　　（divine）

　（香水聞來氣味非凡。）

△He sees （good, well）with his new glasses. 　　　（well）

　（他戴著新的眼鏡看得很清晰。）

△She treats him （cruel, cruelly）. 　　　　　　　（cruelly）

　（她苛待他。）

△Go （staright, starightly）ahead. 　　　　　　　（straight）

　（一直往前走。）

△She plays piano （wonderful, wonderfully）well. 　（wonderfully）

　（她鋼琴彈得出奇地好。）

　well是副詞修飾 plays, wonderfully是副詞, 修飾 well, 修飾副詞

　一定要用副詞才行。

△He did very （good, well）on his quiz. 　　　　　（well）

　（他的小考考得很好。）

△She did （bad, badly）on her test. （badly）

　（她的測驗成績不好。）

△He did his homework （easy, easily）. （easily）

　（他很容易地做他的功課。）

△Take it （easy, easily! ） （easy）

　（輕鬆! 慢慢來! 別緊張!）

△He takes everything （serious, seriously）. （seriously）

　（他凡事太過認真。）

　seriously 修飾動詞 takes。

第17章 適當地使用六個 "W" 和一個 "H"

(who,when,where,what,which,why和how)

　　我們一直強調八大詞類的重要性，常常將英文比喻成樓房。名詞、代名詞、動詞、形容詞、副詞、介系詞、連接詞和感歎詞八大詞類之於英文，猶如砂、石、水泥、鋼筋等材料之於樓房一樣，它們是基本的材料。至於根據句子的結構所稱的主詞、受詞、冠詞、補語等文法術語就如同一棟樓房的玄關、客廳、臥室、餐廳、浴室等各個部分一樣。很多學生，即使上了大學，仍然還搞不清其中的關係。

　　談到句子的句型，當然可依性質分成不同類型的句子，以外觀而言，可分為簡單句（simple sentence）、複句（complex sentence）、合句（compound sentence）以及複合句（compound-complex sentence），這就像一棟棟的建築物有不同的造形一樣，從外觀看去，有簡單的平房，有樓中樓的「透天厝」，有連棟式的閣樓，有庭園的四合院建築等。一篇文章，從頭到尾若都是單句連連，缺乏變化，便顯得單調，這就像一個社區所有房屋都是清一色的平房一樣，平淡無奇。但若都是高聳入雲如積木般的摩天大廈，也會覺得太過繁複。這就跟寫文章一樣，要有短的單句、長的複合句，長短相間，繁簡並用，句子千變萬化，才不致使人讀了枯燥乏味。

　　所謂六個 W ，是指who，when，where，what，which 和 why，也就是人、時、地、物、事、爲何，who是屬於人方面的，when屬於時，where屬於地，what和which屬於事和物，why是爲何。一個H，是指 how（如何）。在談話中，或在寫作中，我們逃不出這七個字所涵蓋的範圍，因爲在天地間，在我們的生活領域裡，我們所談論的、所描繪的不外是人、時、地、物、事、爲何和如何。

　　在日常會話中，若能掌握這幾個字的用法，則對交談應對方面當有莫大的幫助。我們先舉幾個簡單的例子：

人：　　Who will you go with?　　　　　　　　　　　　　（17–1）

　　　　（你要跟誰同去？）

時：　　When were you born?　　　　　　　　　　　　　（17–2）

　　　　（你何時出生？）

地：　　Where were you born?　　　　　　　　　　　　　（17–3）

　　　　（你生於何處？）

物（或事）：

What are you looking for?　　　　　　　　　　（17–4）

（你在找什麼？）

Which is more important, health or wealth?　（17–5）

（何者較重要，健康或財富？）

爲何：　Why do you want to immigrate to New Zealand?　（17–6）

　　　　（你爲何想移民到紐西蘭？）

如何：　How did you fix the car?　　　　　　　　　　　　（17–7）

　　　　（你如何修車？）

　　以上只是七個簡單的問句，在我們提問題發問時，總會用到這七個字（6W1H）。[註] 但是這幾個字還有其他很多的用法，而且稍加

變化就可衍生出很多其他的字來。

who 的用法:

△Who is he? I don't know who he is.　　　　　　　　（17–8）

（他是誰？我不知道他是誰。）

△Who on earth broke the plate?　　　　　　　　　　（17–9）

（究竟是誰打破了盤子？）

△Who in the world told you the story?　　　　　　　（17–10）

（到底是誰跟你講這個故事？）

△Who is the lady you bowed to?　　　　　　　　　　（17–11）

（你向她鞠躬的婦人是誰？）

△Who is the gentleman you spoke with?　　　　　　（17–12）

（你跟他談話的紳士是誰？）

△He who has no knowledge of himself cannot rule mankind.（17–13）

（不知己者不能治人。）

△Those who foolishly sought power by riding the back of the tiger

ended up inside.　　　　　　　　　　　　　　　　（17–14）

（那些藉騎在老虎背上傻傻地追尋權勢的人最後的結局是進了虎肚。這是美國甘迺迪總統就職演說辭中的一句名言，意在警告世界上的小國勿藉依附強權（指那時的蘇俄）以擴增自己的權力，勿與虎謀皮。）

when 的用法:

〔註〕 當然尚可用附加疑問句法，例如 You want to immigrate to New Zealand, don't you? 這類的問句在《英文不難》一書中討論過，有興趣的讀者，可翻閱該書第 54 頁。

△Take care of my children when I am away. （17–15）

（當我離去時照顧我的孩子。）

△I will come when I am at leisure. （17–16）

（有空時我會來的。）

△When the cat is away, the mice will play. （17–17）

（貓去則鼠嬉。或閻王不在，小鬼翻天。）

△When going to the station, I had my wallet stolen. （17–18）

（當我到車站去時，我的皮夾被偷走了。）

△I had hardly left the house, when it began to rain. （17–19）

（我一離家，天就下雨了。）

△He asked me when I had done my homework. （17–20）

（他問我何時做完功課。）記得一個句子的寫法：過去的過去用過去完成式。「我做功課」是在「他問我」之先，所以用過去完成式。

△I was just going to leave, when it began to rain. （17–21）

（我正要離開，天就開始下雨了。）

△Say when? （17–22）

通常這是母親為孩子把尿（或大解）時問孩子「好了沒有?」的用語，是一句特殊的用語。

where 的用法:

△Where there is a will, there is a way. （17–23）

（有志者事竟成。）

△Where there is life, there is hope. （17–24）

（留得青山在，不怕沒柴燒。）

△I wonder where she came from. （17–25）

（我不知道她來自何處。）

△A rat trying to pull a turtle does not know where to start. （17–26）

（老鼠拉烏龜，不知何處下手。）

△The river is smooth where deep. （17–27）

（河的深處水靜。）

△Where on earth are you? （17–28）

（你到底在那裡?）

△Tell me when and where you were born.

＝Tell me the time and place of your birth. （17–29）

（把你的生日和出生地告訴我。）

△I don't care where he came from. I do care where he will go. （17–30）

（我並不在意他從何處來。我確實在意他將往何處去。）

△I don't know where to go. （17–31）

（我不知道該去那裡。）

what 的用法:

△What is your father? （17–32）

（你父親從事什麼工作? 職業是什麼?）

△What a wise man he is! （= How wise he is!） （17–33）

（他多麼聰明啊! ）

△What is yours is mine. What is mine is yours. （17–34）

（你所有的是我的。我所有的是你的。）

△I don't know what to do. （17–35）

（我不知道該做什麼。）

△Leaves are to the plant what lungs are to the animal. （17–36）

（葉子之於植物猶如肺臟之於動物。）

△The food is to the body what reading is to the mind. （17–37）

（食物之於身體猶如讀書之於頭腦。）

△What if I can not teach you? （17–38）

（我若不能教你將如何？我若不能教你該怎麼辦?）

△What with intelligence and what with diligence, he finally succeeded.

（17–39）

（他一半因智慧一半因勤奮，終於成功了。）

which 的用法:

△Which is more important, health or wealth? （17–40）

（健康與財富，那一種較重要?）

△My teacher tells me which way to go. （17–41）

（我的老師告訴我走那一條路。）

△This is the way in which I learn English. （17–42）

（這是我學英文的方法。）

△Where is the book which I gave you? （17–43）

（或 Where is the book I gave you?）

（我給你的書在那裡?）

△I gave her a durian, which she ate. （17–44）

（我給她一個榴槤，她把它吃了。）

△Which of the students asked the teacher? （17–45）

（那一個學生問老師?）

△Which of the students did the teacher ask? （17–46）

（老師問那一個學生?）

△This is the thing which I spoke of.　(17–47)

（這是我所說的事情。）

why 的用法：

△I don't know why he came.　(17–48)

（我不知道他爲什麼來。）

△Why on earth does she learn German?　(17–49)

（她到底爲何學德語？）

△This is the reason why she learns German.　(17–50)

（這就是她爲什麼要學德文的理由。）

△You have not made any progress. That is why I am angry. (17–51)

（你沒有進步，那就是我爲什麼會生氣的理由。）

△Tell me why and how.　(17–52)

（告訴我理由和方法。）

△"Let's go to the movie!" "Why not?"　(17–53)

（「讓我們去看電影吧！」「好啊！」）"why not"字譯爲「爲什麼不? 有何不可? 」。

△I don't mind how they did it, buy why they did it.　(17–54)

（我不介意他們怎麼做這件事，但介意他們爲什麼要做這件事。）

how 的用法：

△How old are you?　(17–55)

（你幾歲?）

△He asked me how old I was.　　　　　　　　　　（17–56）

（他問我多大年齡。他問我幾歲。）

△How picturesque the view is!　　　　　　　　　　（17–57）

（這景色多麼像畫呀! 景色如畫! ）

△How does he learn English?　　　　　　　　　　（17–58）

（他如何學英文? ）

△I don't know how he learns English.　　　　　　（17–59）

（我不知道他如何學英文。）

△How do you like this wine?　　　　　　　　　　（17–60）

（你喜歡這酒嗎? ）有時遇到在臺灣旅遊的外國人，可用 "How
do you like Taiwan?"（你喜歡臺灣嗎? ）這種句型問他（她），
這比問 "Do you like Taiwan?" 要柔和些。

△This is how she treats me.　　　　　　　　　　（17–61）

（這就是她如何待我。這就是她待我的樣子。）

△How do you say this word in English?　　　　　（17–62）

（這個字在英文中怎麼說法? ）

△How do you do?（你好嗎? ）　　　　　　　　　（17–63）

這句應酬話用在初次見面並不熟悉的朋友間，不是問對方近況的
話，所以不能用 "I am fine, thank you." 作答。要用同樣的 "How
do you do?" 回答，這有點像中文的「幸會! 」，當二人經第三者
介紹初次認識時，其中一人說「幸會! 幸會! 」。對方也應以「
幸會! 幸會! 」回答。

△How are you?（你好嗎? ）　　　　　　　　　　（17–64）

這句話用在很熟的朋友間，表示關心對方的近況，可用 "I am
quite well, thank you, and you?" 回答，意思是「謝謝你，我很

好，你呢?」經過這一番「你好我好」之後，才開始交談，這似乎已經成了一種談話的規範。

第18章　6W1H之謎語

　　這裡所寫的6W1H乃指六個W和一個H，就是前面所談的who，when，where，what，which，why和how七個字。這七個字用途廣泛，不但可當做疑問詞或關係代名詞之用，還可造出許多謎語（riddle）來。英文的謎題和中文不同，猜謎者要有相當的英文基礎，才能領會其中的奧秘。請看以下有關這七個字開頭的謎題：

who 的謎題：

△ Who always has a number of movements on foot for making money?

(18-1)

　　（誰經常用腳做許多動作來賺錢？）

・ a dancing teacher （舞師）

　 to make money （賺錢）例如

　 He makes a lot of money every month.

　 （他每個月賺很多錢。）

△ Who are the best acrobats in your house?　　　　　(18-2)

　　（你家裡最好的特技師是誰？）

・ the pitchers and the tumblers

　　（水壺（亦做「投手」解）和玻璃杯（亦做「翻觔斗的人」解））

　 pitcher 是用來喝啤酒的長耳杯，有句諺語：

　 "Little pitchers have long ears."

（字譯爲「小壺有長耳」），引申其意爲「兒童耳聰」。

when 的謎題:

△ When is an artist very unhappy?　　　　　　　　（18–3）

（藝術家什麼時候非常不愉快？）

· When he draws a long face.

（當他畫一張長臉時。）

to draw a long face 意譯爲「拉下長臉，不愉快。」爲一常用的片語。人高興時，面帶笑容，所以臉呈圓形；生氣時，臉就會拉得很長。draw 亦做「拉，曳」解。

△ When is a department store like a boat?　　　　　　（18–4）

（何時百貨公司像一艘船？）

· When it has sales（sails）.

（當它有拍賣時〔有帆時〕）。

Sale: 拍賣，Sail: 帆，二者同音。

△ When is a ship at sea not on water?　　　　　　　（18–5）

（什麼時候海上的船不在水上？）

· When it is on fire.

（當它著火時。）

It is on fire. 字譯爲「在火上。」事實上，on fire 是「著火、失火」之意。

△ When are eyes not eyes?　　　　　　　　　　　（18–6）

（什麼時候眼睛不是眼睛？）

· When the wind makes them water.

（當風吹得使它們流淚時。）字譯:「當風把它們變成水時。」

make: 製造，使……成爲。make 用在下面句子中時稱爲不完全及物動詞，因爲它必須接一個補語來形容受詞：

She makes me angry.（她使我生氣。）　　　　　　　（18-7）

She makes me cry.（她使我哭泣。）　　　　　　　　（18-8）

She makes me a great man.（她使我成爲偉人。）　　（18-9）

上面三句中 angry, cry, a great man 是受詞 me 的補語（可爲形容詞、動詞或名詞。）原來的謎底是

The wind makes the eyes water.　　　　　　　　（18-10）

water: 水。亦可做「澆水」、「流淚」、「出水」等動詞之用，例如：

It makes my mouth water.　　　　　　　　　　　（18-11）

（它使我垂涎。）字譯:「它使我的嘴巴流口水。」

He waters the flowers.　　　　　　　　　　　　（18-12）

（他澆花。）

His eyes water.　　　　　　　　　　　　　　　（18-13）

（他眼中流淚。）

△ When is a nose not a nose?　　　　　　　　　（18-14）

（什麼時候鼻子不是鼻子?）

· When it is a little radish（reddish）.　　　　　（18-15）

（當它是個小蘿蔔時。〔當它有一點點紅的時候。〕）

　　radish ['rædɪʃ]: 蘿蔔。

　　reddish ['rɛdɪʃ]: 紅色。二者音相似。

△ When is a river like the letter T?　　　　　　（18-16）

（什麼時候河流像字母 T?）

· When it must be crossed.

（當它被渡過的時候。當有人渡河時。）

cross 可做「橫過」解。"It must be crossed." 另一種解釋是「它必須加一橫。」因為在寫 "t" 時，必須要加一橫（cross）。同樣，在寫 "i" 時，必須加一點（dot）。所以寫英文時，要切記："Don't forget to cross your t and dot your i."（別忘了寫 t 時加橫，寫 i 時加點。）

where 的謎題：

△ Where can we always find money when we look for it?　　（18–17）

（當我們尋找錢的時候，在何處可以找得到？）

‧ In the dictionary. （在字典裡。）

要找「錢」，翻開字典一查就找到了。

△ Where will you find the center of gravity?　　（18–18）

（你在何處可以找到重心的中心？）

‧ At the letter V.（在字母 V。）

因 V 為 gravity 之中心位置。（gravity 共七個字母，v 居其中央。）

△ Where do you have the longest view in the world?　　（18–19）

（在世界上什麼地方你有最遠的視野？）

‧ By a roadside where there are telephone poles, because there you can see from pole to pole.

（在有電線桿的路邊，因為在那裡，你能從一根電桿看到另一根電桿〔從地球的一極看到另一極〕。）

（句中的 pole 可做「桿」亦可做「極」解，例如 south pole：南極；　north pole：北極。）

what 的謎題：

△ What is the most contradictory sign seen in a library?　　（18–20）

　　（圖書館裡所看到的標示中什麼最矛盾？）

・ To speak aloud is not allowed （aloud）.

　　（大聲說話是不允許的〔大聲的〕。）

　　allow [əˈlaʊd] 允許

　　allowed 是 allow 的過去分詞。

　　aloud [əˈlaʊd] 大聲的。

　　aloud 與 allowed 音相同，所以乍聽之下變成 "To speak aloud is not aloud."（大聲說話並不算大聲。）豈不矛盾？

△ What question can never be answered by "Yes"?　　（18–21）

　　（什麼問題絕不能用「是」來回答？）

・ Are you asleep?（你睡著了嗎？）

△ What salad is best for newlyweds ?　　（18–22）

　　（什麼生菜對新婚夫婦最好？）

・ Lettuce alone.（只要「萵苣」）

　　lettuce [ˈlɛtəs] 萵苣

　　"Lettuce alone." 與 "Let us alone." （讓我們單獨在一起。）讀音相同。男女新婚燕爾，卿卿我我，不希望別人來打擾，但求 "Let us alone." 也就是 "Lettuce alone."

△ What room can no one enter?　　（18–23）

　　（什麼房間（room）沒有人能進得去？）

・ A mushroom.（蘑菇）

　　mushroom [ˈmʌʃrum] 並非一種 room，當然無人能進。這與中文所

說的「天做棋盤星做子，誰人能下；地做琵琶路做弦，誰人能彈。」相類似。

△ What is it that passes in front of the sun yet casts no shadow?

(18-24)

（一種東西在太陽前通過，卻不投下影子，那是什麼？）

・The wind.（風。）

cast [kæst]　投射，拋，擲。

△ What is it that everyone in the world is doing at the same time?

(18-25)

（世界上每個人都同時在做一件事，那是什麼？）

・Growing older.（越來越老。）

△ What is it that goes up and never goes down?　　(18-26)

（什麼東西一直增加〔上升〕而從不減少〔下降〕？）

・Your age.（你的年齡。）

△ What is it that, when once lost, you can never find again?（18-27）

（什麼東西一旦失去就不可復得，那是什麼？）

・Time and life.（時間和生命。）

△What word is it from which the whole may be taken and yet some will be left?　　(18-28)

（有一個字，把其中的全部（whole）拿掉了，仍然有一些（some）剩下來，這字是什麼？）

・Wholesome ['holsʌm]健全的，有益的。

把 wholesome 一字中的 whole 拿掉，還剩下 some 一字。

What is forgotten in the head can be found in the legs.

（腦袋所忘掉的東西能在雙腿上找到。）

因腦子忘了帶東西，要勞動雙條腿走去拿。

Which 的謎題：

△ Which is the strongest day of the week?　　　　（18–29）

（一星期中那一天最堅強?）

· Sunday, because all the rest are weak days （week days）.

（星期日最堅強，因爲其餘的六天都是弱（weak）日（week days）.）

weak days 與 week days 發音相同，在英文中，一星期中，除星期日之外其餘的六天稱爲 week days. 所以 Week days are Monday, Tuesday, Wednesday, Thursday, Friday and Saturday.

△ Which takes less time to get ready for a trip — an elephant or a rooster?　　　　（18–30）

（公雞與象，那一個準備好去旅行所花的時間最少?）

· The rooster. He takes only his comb, while the elephant has to take a whole trunk.

（公雞。他只帶梳子〔他只有雞冠〕，而象卻要帶一個旅行皮箱〔trunk 亦做象鼻解〕。）

△ Which is better — complete happiness or some bread?　（18–31）

（完美的幸福或一點點麵包，那一種較好?）

· Some bread. Some bread is better than nothing, and nothing is better than complete happiness.

（一點點麵包較好。一點點麵包總比沒有東西好，而沒有一件事比完美的幸福更好。）

這便是三段式論證法；A 比 B 好，B 比 C 好，故 A 比 C 好。這

裡的 A 爲some bread，B 爲 nothing， C 爲complete happiness。這當然是詼諧的推理，世上那有比完美的幸福更好的事物呢？

△Which of the parents is your nearest relative?　　　　（18–32）

（雙親中那一個跟你的關係最親近？）

・Your mother, because your other parent is always father（farther）.

（你的母親，因爲另外一位一定是父親〔較疏遠〕。）

father [ˈfɑðɚ] 父親，

farther [ˈfɑrðɚ] 較遠的。

二者讀音相近。

Your other parent is always father. 與 Your other parent is always farther. 兩句話聽起來幾乎完全一樣。

△Which of the four seasons is the most literary ?　　　　（18–33）

（四季中那一季最富於文學氣息？）

・Autumn, because then the leaves are turned and are red（read）.

（秋季，因爲到了秋季樹葉變色而變紅。〔被翻開閱讀〕）

read [rid]　read [rɛd]　read [rɛd]　讀。

red [rɛd]　紅的。

red與read（過去分詞）之讀音相同。

△Which of your relatives are dependent upon you, whether you know it or not, for their existence?　　　　（18–34）

（你的親戚中，無論你認識否，爲了生存，那些會仰賴你？）

・Your uncles, aunts and cousins, because without U（you）they could not exist.

（你的伯伯〔叔叔〕，伯母〔叔母〕和堂兄弟姐妹們都要仰賴你，因爲若沒有你（U 與you 音同），他們就不存在了。請仔細

看 uncles, aunts 和 cousins 三個字中都有字母 U, 若無 U 字, 則三個字都不存在了。

why 的謎題:

△ Why are a bad boy and a dirty rug alike?　　　　（18–35）

（爲什麼壞孩子和髒毯子相似?）

· Because both of them need a beating.

（因爲兩者都需要打。）

髒毯子打一打, 可以把裡面的髒東西或灰塵打出來。

△ Why is a coward like a leaky faucet?　　　　（18–36）

（爲什麼懦夫和漏水的水龍頭相似?）

· Because both of them run.

（因爲兩者都會 run〔脫逃、漏水〕。）

run 除了做「逃跑」解以外, 亦做「漏水」解。鼻子流鼻水, 亦可用 run, 例如 My nose is running. （我的鼻子在流鼻水。）

△ Why are weathervanes like loafers?　　　　（18–37）

（爲什麼風標像游手好閒的人?）

· Because they both go around doing nothing.

（因爲兩者都是游盪無所事事。）

風標隨風轉動, 所以說 The weathervane goes around. 游手好閒的人到處游盪; The loafer goes around.

△ Why is a dog biting its tail like a good manager?　　　　（18–38）

（爲什麼一隻狗在咬尾巴像個好經理?）

· Because he is making both ends meet.

（字譯: 因爲他使兩端相遇。）

一隻狗在咬尾巴，頭尾相接，豈不是 "It is making both ends meet." 但 to make both ends meet 本身是一句片語，意思是「使出入相符」，「收支平衡」。例如某人收入甚微，入不敷出，可說 He can't make both ends meet.（他無法使收支平衡。）

△ Why is a person with rheumatism like a window?　　　（18–39）

（爲什麼患風濕症的人像窗戶？）

・ Because he is full of pains （panes）.

（因爲他充滿了痛苦〔玻璃板〕。）

pain [pen]　痛苦。

pane [pen]　玻璃板。二者讀音相同。

△ Why is a sewing machine like the letter S?　　　（18–40）

（爲什麼縫紉機像字母 S？）

・ Because it makes needles needless.

（因爲它使針變得不必要。）

s 加到 needles 後面成爲 "needless."

needle ['nidl]　針。

needless ['nidlɪs]　不必要的，無用的。

It is needless to say so.　（無須這樣說。）

△ Why should men avoid the letter A?　　　（18–41）

（爲什麼男人們要避免字母 A？）

・ Because it makes men mean.

（因爲它會使男人們變得卑鄙。）

men 加上一個 a 即成 mean[min] 卑鄙的。

△ Why is the letter B like fire?　　　（18–42）

（爲什麼字母 B 像火。）

・Because it makes oil boil.

（因爲它使油沸騰。）

b 加 oil 成爲 boil [bɔɪl] 沸騰。

△ Why is the letter O like a pain?　　　　　　　　（18–43）

（字母 O 爲什麼像痛苦？）

・Because it makes man moan.

（因爲它使人呻吟。）

man 加 O 即成 moan [mon] 呻吟。

how 的謎題：

△ How can it be proved that a horse has six legs?　　（18–44）

（如何能證明馬有六條腿？）

・Because he has forelegs（four legs）in front and two legs behind.

（因爲馬有前腿〔四條腿〕在前，兩條腿在後。）

forelegs 前腿與 four legs 讀音相近。

△ How can you best learn the value of money?　　（18–45）

（你如何才能最瞭解錢的價值？）

・By trying to borrow some.

（試試向人借些錢。）

△ How is it possible to get up late in the day and yet rise when the rays of the sun first come through the window?　　（18–46）

（如何才能在白天很晚起床，而在起床時，陽光照進窗戶？）

・By sleeping in a bedroom facing the west.

（睡在一間窗戶朝西的房間。）

因爲睡到太陽西下，起床時，太陽正好照進窗戶，還以爲是朝陽

初升哩!

△How can you tell a girl named Ellen that she is delightful, in eight letters? (18–47)

（你如何用八個字母告訴名叫愛倫的女孩子她很悅人？）

・U-R-A-B-U-T-L-N （You are a beauty, Ellen.）

將八個字母依序唸下去，就成了 You are a beauty, Ellen.（你是個美人，愛倫。）

△How can you make sense out of the following sentence："It was and I said not but?" (18–48)

（你如何使下面的句子有意義：「如文」。）

・"It was AND, I said, not BUT."

（我說它是 AND, 不是 BUT。）

第19章 名詞的帽子——冠詞
（定冠詞和不定冠詞）

　　一般傳統的英國紳士都有共同的特徵，就是身穿燕尾服，頭戴禮帽，手裡拿著一根拐杖。

　　一個句子有主詞，就好像一個人有頭一樣。冠詞如同頭頂上的帽子，英文句子中的名詞前面通常要加冠詞，這跟中文是截然不同的，舉最簡單的例子：

　　天是藍的。草是綠的。雪是白的。

其中天、草、雪是名詞，在中文句子中，名詞前面不加所謂的「冠詞」，但是在英文中，就要加上冠詞，而且是定冠詞（the）〔註〕，如下面句子：

　　The sky is blue. （天是藍的。）

　　The grass is green. （草是綠的。）

　　The snow is white. （雪是白的。）

上面句子中的 the 就是定冠詞，若不加冠詞，則成為

　　Sky is blue. Grass is green. Snow is white. （×）

　　這樣的句子，雖然有主詞，但是沒有冠詞，就像英國紳士頭頂上沒有帽子一樣，看起來非常奇怪。對初學英文的中國人而言，不習慣用冠詞，因為在中文裡，根本沒有冠詞這類的東西，所以學起來困難

〔註〕英文的冠詞分「定冠詞」和「不定冠詞」兩種。定冠詞是 the，不定冠詞是 a 或 an。有些名詞前是不加冠詞的。

重重，不過唸多了，自然能把握其中的道理，知道何處該用定冠詞（the）何處該用不定冠詞（a,an）。請看以下例句：

△ There is a piano in the room. The piano is very expensive. （19–1）

（房間裡有一臺鋼琴。這臺鋼琴很貴。）

piano 和 room 都是普通名詞，piano 前加不定冠詞，而 room 既然是放鋼琴的，所以有所指，要用定冠詞。（19–1）的第二句中的 piano 是在（19–1）前一句中提過，所以也有所指，不是別處的鋼琴，而是這房間的鋼琴，因此要加定冠詞。

△ Every country has a capital. London is the capital of England.

（19–2）

（每個國家有首都。倫敦是英國的首都。）

（19–2）的第一句指每個國家有一個首都，所以用不定冠詞。（19–2）的第二句中倫敦是英國的首都，已經有所歸屬，即已經被指定，所以用定冠詞。London 和 England 是專有名詞，不必加冠詞。

△ We had a dog in the house. One day the dog ran away. （19–3）

（我們家裡有一隻狗。有一天那隻狗跑掉了。）

（19–3）的第一句說明家中有一隻狗，沒指定是什麼狗，所以用不定冠詞。（19–3）的第二句已指定是家中的這隻狗，因此用定冠詞。

從以上三個簡單的例子可看出，名詞前都要加上冠詞，有些卻不必加冠詞，有些冠詞可加到形容詞前面，而變成另一種意義，以下都會討論。

既然冠詞要掛在名詞前面，我們必須對名詞有所認識。名詞大致可分爲：

①普通名詞：如一般的東西、事物等。

②專有名詞：如國名、地名、人名等。

③物質名詞：如金、銀、銅、鐵、錫等。

④抽象名詞：如時間、狀態等。

⑤集合名詞：兩個人（或物）以上所組成的集合體。

例如 house（房屋）, tree（樹）, bridge（橋）, flower（花）等是普通名詞。China（中國）, England（英國）, America（美國）, Taipei（臺北）等屬於專有名詞。gold（金）, silver（銀）, iron（鐵）等乃屬於物質名詞。kindness（仁慈）, freedom（自由）, health（健康）, diligence（勤奮）等屬於抽象名詞。family（家庭）, class（班）等屬於集合名詞。

我們再看以下的例句：

△ Rome was not built in a day.（不定冠詞） (19–4)

（羅馬不是一天造成的。）

△ The early bird catches the worm.（定冠詞） (19–5)

（早起的鳥兒有蟲吃。）

△ A friend in need is a friend indeed.（不定冠詞） (19–6)

（患難之交才是真正的朋友。）

△ Birds of a feather flock together.（不定冠詞） (19–7)

（物以類聚。字譯：同種羽毛的鳥群聚在一起。）

△ The rich should help the poor. (19–8)

（富者應幫助窮者。）定冠詞加在形容詞前可做名詞之用。又如 the weak（弱者）, the strong（強者）。

△ Honesty is the best policy.（無冠詞） (19–9)

（誠實為上策。）honesty 為抽象名詞，可不加冠詞。

△The plate is made of silver. The spoon is made of gold. The chop stick is made of wood. （19-10）

（這盤子是用銀做的。這湯匙是用金做的。這根筷子是用木頭做的。）物質名詞前不加冠詞。

△The family are all in America.（定冠詞） （19-11）

（這全家人都在美國。）

△The earth moves round the sun.（定冠詞） （19-12）

（地球繞太陽運轉。）天地間只有一個地球，一個太陽，故加定冠詞。

△A horse is an animal.（不定冠詞） （19-13）

（馬是一種動物。）若寫成 The horse is an animal. 則表示「這匹馬是動物。」這可能讓人誤解別的馬就不是動物。

△Of all the saws I ever saw, I never saw a saw saw like this saw saws.（定冠詞與不定冠詞） （19-14）

（在所有我見過的鋸子中，我從未見過一把鋸子鋸東西像這把鋸子鋸過。）

△He was fixing a car when she came. They went to the movie after he finished fixing the car. （19-15）

（她來時他正在修車。在他修好車之後，他們同去看電影。）

△ There was a farmer living on a farm. The farmer was very kind. （19-16）

（有個農夫住在農場上。這位農夫很慈祥。）

農場上住了一個農夫，未指名是誰，所以用 a farmer，現在已有所指，所以用 the farmer。

△ He is the best student in the class. （19-17）

（他是這班上最好的學生。）形容詞最高級要加定冠詞 the。

△<u>The</u> more you have, <u>the</u> more you want to have.　　　　　（19–18）

（你有的東西越多，你想要有的就越多。）

第20章　拗口的句子

朗讀對學英文有很大的幫助，發音（pronounce）正確，則拼寫（spell）正確。

練習大聲讀下列句子，注意你自己的發音，當你唸的時候，可叫人聽你唸。（Practice reading the following sentences aloud. Listen to yourself as you pronounce the words. Have someone listen to you as you speak.）

△ The sheep is on the ship.　　　　　　　　　　（20-1）

（羊在船上。）

sheep [ʃip] 羊。其複數亦為 sheep。

ship [ʃɪp] 船。

△ The dog bit him, so he beat the dog.　　　　　（20-2）

（狗咬他，所以他打狗。）

bite　　bit　　bitten 咬　　bit [bɪt] 短音[ɪ]

beat　　beat　　beaten 打　　beat [bit] 長音[i]

這句若長短音唸錯，就會鬧笑話了，例如:

The dog [bit] him, so he [bɪt] the dog

　　　　（beat）　　　　（bit）

（狗打他，所以他咬狗。）

△ The lady with the braid made the bread.　　　　　（20-3）

（有辮子的婦人製作麵包。）

braid [bred] 辮子。

bread [brɛd] 麵包。

△ The shed is in the shade.　　　　　（20-4）

（小屋在樹蔭下。）

shed [ʃɛd] 棚，小屋。

shade [ʃed] 蔭，樹蔭。

△ The dog saw the kite flying high in the sky.　　　　　（20-5）

（狗看到風箏高高的飛在天上。）

kite [kaɪt] 風箏。

△ Don't kick the cake!　　　　　（20-6）

（別踢蛋糕！）

kick [kɪk] 踢。

cake [kek] 蛋糕。

△His teeth hurt.　　　　　　　　　　　　　　（20–7）

（他的牙齒痛。）

hurt [hɝt] 痛。

△ The bed is very bad.　　　　　　　　　　　（20–8）

（這床舖很差。）

bed [bɛd] 床。

bad [bæd] 壞，不好。

△ She hurt her toe in the toll station.　　　　（20–9）

（她在收費站弄傷了她的腳趾。）

toe [to] 趾。

toll [tol] 通行費。

toll station 收費站。

△ Her cat looks sad.　　　　　　　　　　　　（20–10）

（她的貓看起來很傷心。）

sad [sæd] 傷心的。

△ The bear eats a pear.　　　　　　　　　　　（20–11）

（熊吃一個梨子。）

bear [bɛr] 熊。

pear [pɛr] 梨子。

△ He is eating a peach at the beach.　　　　　（20–12）

（他正在海灘邊吃一個桃子。）

peach [pitʃ] 桃子。

beach [bitʃ] 海灘。

注意 beach 切不可唸短音[bɪtʃ]而成為 bitch;這是一個不雅的字。

△ His cap is by your cup. 　　　　　　　　　　　　（20–13）

（他的帽子在你的杯子邊。）

cap [kæp] 帽子。

cup [kʌp] 杯子。

△ There is a big bug in the bag. 　　　　　　　　（20–14）

（袋子裡有一條大蟲。）

bug [bʌg] 蟲。

bag [bæg] 袋子。

△ Please stop on the last step. 　　　　　　　　　（20–15）

（請在最後一階停下來。）

stop [stɑp] 停。

step [stɛp] 階，步。

△ Does Bill play ball? 　　　　　　　　　　　　　（20–16）

（比爾玩球嗎? ）

Bill [bɪl] 比爾（人名）。

ball [bɔl] 球。

△ The ship is in good shape. 　　　　　　　　　　（20–17）

（這條船完好無缺。）

shape [ʃep] 形狀。

△ Mary has a pet cat. 　　　　　　　　　　　　　（20–18）

（瑪琍有一隻寵貓。）

pet [pɛt] 寵物。

cat [kæt] 貓。（注意發音。）

△ Jane ran in the rain.　(20–19)

（傑恩在雨中跑。）

ran [ræn] 跑。run 之過去式。

rain [ren] 雨。

△ I put my pack on my back.　(20–20)

（我把我的背包放在我的背上。）

pack [pæk] 背包。

back [bæk] 背。

△ The rain falls on the plane of Spain.　(20–21)

（雨落在西班牙的平原上。）

plane [plen] 平原。

Spain [spen] 西班牙。

第21章　上（up）和下（down）的習語（idiom）

上英文課的時候，我常常鼓勵學生要做到六個 "up"。這六個 "up" 是

- wake up　　醒來
- get up　　　起床
- stand up　　站起來
- warm up　　暖身
- cheer up　　振作起來
- speed up　　加速

事實上，每個人都應該做到這些 "up"。清晨不醒來，會睏睡到日上三竿。醒來（wake up）後賴床，不起床（get up），會越躺越糊塗。起床後若一直坐在床邊，不站起來（stand up），很容易又倒到床上繼續睡下去。站起來之後，若不做做暖身的動作，使自己熱身（warm up），會感到懶洋洋的。熱身之後，若不振作（cheer up）起來，整天沒有精神，一天就昏昏沈沈的幌過去了。凡事若不能一鼓作氣，加速（speed up）進行，就無法提高效率。讀者可用邏輯推理記這六個片語：wake up, get up, stand up, warm up, cheer up, speed up。

除了這幾個與 up 有關的基本習語（idiom）之外，還要跟讀者說明一些常用的 up，請看以下例句：

1. to open up　坦誠相告，毫無保留的說出。

△She told me all of her marriage problems, from beginning to end; She really opened up. (21–1)

（她毫無保留的把她的婚姻問題從頭到尾都告訴了我。）

△In court, you are expected to open up about what you know. (21–2)

（在法庭，你得對你所知道的坦誠相告。）

△Our marriage plans fell through because neither one of us could ever open up to the other. (21–3)

（我們的婚姻計畫毫無結果，因為我們沒有人能坦誠相對。）

to fall through 失敗，無結果。

2. to come up 引發，產生。

△A serious problem came up after the project had been started.

(21–4)

（在這個計畫開始之後，出現了一個嚴重的問題。）

△Many questions have come up about the quality of the project.

(21–5)

（關於這個計畫的品質已經有許許多多的問題。）

△An economic issue came up which embarrassed the president.

(21–6)

（有一個經濟的議題提出來，使總統大為困窘。）

△Because many students do not understand the teacher's ideas, a lot of questions come up. (21–7)

（因為好多學生不了解老師的觀念，於是提出了許多疑問。）

3. to show up 抵達，露面（多用於遲到）。

△She finally showed up ten minutes late. (21–8)

（過了十分鐘後，她終於出現了。）

△I hope the professor doesn't show up so that we can leave.

(21-9)

（我希望教授不會出現，因此我們就能離開。）

△It's already 9 o'clock and she hasn't come yet; if she doesn't show up soon, our party will fall through. (21-10)

（已經九點了，她還沒來；假如她不馬上出現，我們的派對就要作罷了。）

4. to make up　編造，化粧。

△You are lying. You make up the whole story. (21-11)

（你在撒謊。你編造整個故事。）

△It is a very bad habit to make up lies about things which you know are wrong; no one will believe you. (21-12)

（對你明知是錯的事編造謊言是非常壞的習慣；沒有人會相信你。）

△He told me an exciting story about his marriage, and I think that he made the whole thing up. (21-13)

（他向我講了一段有關他婚姻的精采故事，我認為那是他編造的。）

△The young lady is making up her face. (21-14)

（這位年輕的婦女正在做臉部化粧。）

△The clown makes up his nose with red paint. (21-15)

（小丑用紅顏料在他的鼻子上塗畫。）

5. to bring up　養育，提出。

△They bring up their children very well. (21-16)

（他們把他們的孩子養育得非常好。）

△Parents should bring up their children with love.　　（21-17）

（父母應當以愛來養育他們的子女。）

△The poor grandmother brought up her little grandson when her son

and daughter-in-law die in the accident.　　（21-18）

（這位可憐的祖母在她的兒子和媳婦在車禍中喪生後撫養她的孫

子。）

△When the manager brought up the energy problem, they looked into

it carefully.　　（21-19）

（當經理提出能源問題時，他們就對這問題做仔細的探討。）

6. to clear up　把事情弄清楚，使明瞭。

△The difficulty has been cleared up.　　（21-20）

（這困難已解決。）

△The mystery has been cleared up.　　（21-21）

（這神秘已揭破。）

△She cleared up the problem for him.　　（21-22）

（她爲他澄清這問題。）

△It is clearing up.　　（21-23）

（天漸晴朗。）

7. to look up　（在辭書等中）查考，訪問。

△Look up the word in the dictionary.　　（21-24）

（在字典中查這個字。）

△I hope you will look me up soon.　　（21-25）

（我希望你立即來看我。）

△When I visited Taipei, I looked up my old primary school friend who

lives there.　　（21-26）

（當我走訪臺北時，我訪問住在那裡的我小學的老友。）

8. to make up　組成，形成。

△America has fifty states.　In other words, fifty states make up the United States.　　　　　　　　　　　　　　（21–27）

（美國有五十州。換言之，美國由五十州組成。）

△How many sentences make up this composition?　（21–28）

（這篇文章由多少句子組成的？）

△Four young singers make up the rock-and-roll group.　（21–29）

（四個年輕的歌手組成這個搖滾樂團。）

9. to take up　占（時間、場所等），開始。

△It takes up too much time to tell you the whole story.　（21–30）

（把整個故事說給你聽需要太多時間。）

△This piano takes up too much room.　　　　　　　（21–31）

（這鋼琴占太大空間。）

△He has taken up a new subject.　　　　　　　　　（21–32）

（他已經開始研究一個新題目。）

△I can not afford to take up this hobby.　　　　　（21–33）

（我無法開始有這種嗜好。意即這種嗜好花費太多，我不勝負擔。）

10. to give up　斷絕，停，放棄。

△If everyone in the world gave up smoking, the air on earth would be much fresh and clean.　　　　　　　　　　　　　（21–34）

（假如世界上人人都戒煙，地球上的空氣將會更清新。）

△The doctor gave up the patient.　　　　　　　　　（21–35）

（這醫生放棄了這病人。意即醫生斷言病人不會好。）

△I have given up driving too fast on the highway. （21–36）

（我已戒除在高速公路開快車的習慣。）

除了 up 之外，還有幾個有關 down 的習語（idiom）：

11. to die down 減弱，消滅。

△For two days the wind blew hard and strong, but on the third day it died down. （21–37）

（兩天來，風勢強勁，但到了第三天，便減弱了。）

△Her anger at me has died down since I apologized to her. (21–38)

（她對我的盛怒自從我向她道歉後已經消減。）

△The loud noise died down after the teacher came into the classroom.

（21–39）

（在老師進到教室之後，喧鬧的吵雜聲就平息下來了。）

12. to break down 故障，拋錨。

△The old car has a very bad engine; it will soon break down. (21–40)

（這部老車的引擎非常糟，它「很快」就會故障。）

△The picnic was delayed because the bus had broken down. （21–41）

（郊遊因汽車拋錨而延後。）

△If the air conditioning breaks down, this room will be like an oven on a very hot day. （21–42）

（假若空調故障，這房間在熱天裡就會像爐灶一樣。）

13. to tie（someone）down 將（某人）羈絆。

△Now I can't go swimming every morning like I used to, because my job and my family really tie me down. （21–43）

（如今我不能像往常一樣每天晨泳，因為工作和家庭的確把我羈絆住了。）

△We can not go to the party because our children <u>tie</u> <u>us</u> <u>down</u>.

（21–44）

　（我們因爲受到孩子們的牽絆無法參加派對。）

14. to settle down　靜下來，安頓下來。

△At first the students were very noisy, but finally they <u>settled</u> <u>down</u> to

do their homework.　　　　　　　　　　　　　　　（21–45）

　（起先學生們很吵，但是最後總算安靜下來做他們的功課。）

△Many people <u>settled</u> <u>down</u> in California because of the fine weather.

（21–46）

　（很多人因加尼福尼亞州的氣候好在那裡定居。）

　有關 down 的習語（idiom）還有很多，例如：sit down（坐下），
lie down（躺下），slow down（慢下來），calm down（冷靜下來）等。

　這類的習語非常多，在某些特定的動詞後面加不同的字（通常是
介詞或副詞等）就表示不同的意義。例如以 look 爲例：

△ look at　（注視）

Look at me! Don't look at her!　　　　　　　　　　　（21–47）

　（注視我！別注視她！）

△ look for　（尋找）

He goes to look for the lost sheep.　　　　　　　　　（21–48）

　（他去尋找遺失的羊。）

△ look after　（照顧）

She looks after our children.　　　　　　　　　　　　（21–49）

　（她照顧我們的孩子們。）

△ look out!　（注意！）

Look out! The train is coming!　　　　　　　　　　　（21–50）

（當心！火車來了！）

這些都是最基本的習語，坊間有專書介紹，讀者不妨一閱。

像以上介紹的習語（或習慣用語）一定要背，而且要多看例句，或在文章中留意這些習語的用法，多下功夫，自然能融會貫通。

在這個中西文化交流的時代，在追求知識或學問的過程中，不宜閉關自守，主修外文者，不能只懂英文（或其他國家語言），還要對英文有相當的了解；主修中文者，不能只懂中文，還要對英文有深入的探討，如此方不致有所偏頗。就名詞（noun）而言，英文和中文是一對一的映射（mapping）[註]，但是有很多其他的詞句就不盡如此，切不可逐「字」翻「譯」，這時就要把握全句的真實涵義而做「意譯」了（請參閱第22章）。有時「字譯」是不通的，而且常常會鬧出笑話。在我們腦中的記憶系統裡，要有兩套資料庫，一套是英文，一套是中文，彼此之間要做適度的對應連線，有時是一對一的映射，有時還要做一些邏輯的推理和判斷，如此才能使說出來的話、寫出來的句子合乎文法而又合情合理。

〔註〕映射（mapping）一詞本是數學上的術語，這裡只是藉以說明一個名詞在中文有一個意思，相對應到英文也有一個意思，例如中文的「蘋果」，對應到英文裡就是 "apple"，不可能是 pear 或 peach 別的水果，反之亦然，此乃一對一的映射。

第22章　文字、字根、字首與字尾

我們拿上一章中的第⒀例句來說明，tie [taɪ] 一字有很多不同的解釋：當名詞使用時，做「結」、「羈絆」、「束縛」等解；當動詞用時，做「扎」、「捆」、「縛」、「得同分數」等解。例如：

· necktie　[nɛk'taɪ] n. 領帶。

△ They tie the horse to the gate.

　　（他們把馬拴在大門上。）

△ They tied the sheep with cords.

　　（他們用繩將羊捆縛。）

△ Team A tied team B in baseball.

　　（A 隊與 B 隊在棒球賽中比成和局。意即得同分。）

但是當 tie 跟其他的字合併使用時，意思就不一樣了，這種情形跟中文非常相似。在中文裡，單獨一個字有時很難使用，必須跟別的字一起用，才有明確的意義，例如「舉」字，單獨用它，發揮不了什麼作用，若是跟別的字一併，就產生許許多多不同的意思了，例如：「舉辦」、「舉行」、「推舉」、「舉例」、「選舉」、「舉止」、「舉手」、「舉世」、「舉杯」、「舉動」、「舉國」、「一舉兩得」、「舉一反三」、「舉目無親」、「舉足輕重」、「舉例發凡」、「舉案齊眉」、「舉棋不定」等……，真是有舉不完的例子。所以讀英文切不可只死記一個單字，最好能記習語（idiom），諺語（proverb），甚至背文章（composition）。現在請回頭看 tie 加一個 down 字，就成了

・tie （someone） down　使（某人）受到羈絆。

down 是「下」的意思，tie 某人 down 字譯爲「把某人捆下」，引申爲把某人捆綁得無法動彈。

△ Nothing ties me down. （不能寫成 Nothing ties down me.）

（沒有一件事把我捆綁得動彈不了。）

這樣的中文翻譯大家都懂，只是想要譯得有點中文品味，就要用到較高雅的詞彙了。鄭板橋的道情十首中，有一首是這樣寫的：

老漁翁，一釣竿；靠山崖，傍水灣。扁舟來往無牽絆，沙鷗點點清波遠，荻港瀟瀟白畫寒，高歌一曲斜陽晚。一霎時，波搖金影；驀擡頭，月上東山。

其中有一句「扁舟來往無牽絆」，可以想像得到一葉扁舟在清波上來往漂蕩，無拘無束。這使人聯想起 tie （someone） down 這句習語的涵義來。因此，

△ There is nothing to tie me down.　　　　　　　（22-1）

可譯成「我無所牽絆。」這樣的譯法總比譯成「沒有一件事把我束縛住。」來得貼切、傳神。所以我建議讀者除了攻讀英文外，還要研讀一些值得精讀的中文文章。習英文者，也要留意國學根基的培養，這對「英翻中」有莫大的助益。

中文與英文有諸多相同之處，例如就拿中文裡的「文字」二字來講，「獨體」爲文；「合體」爲字。舉例說明：「日」、「月」是文，而將日、月兩字合在一起，成爲「明」，就是字；因日、月乃單獨的一個字，所以是獨體，謂之文；而「明」乃日、月之合體，謂之字。原來文字是這樣定義出來的。這類的例子不勝枚舉，例如「弓」、「

長」爲「張」;「二」、「人」爲「仁」;「手」、「戈」爲「我」;「不」
、「正」爲「歪」等，都是文與字的典型例子。

在英文裡，也有類似的例子。例如 break [brek]（打破）， fast
[fæst]（快的，齋戒），昔日歐洲某些宗教信徒早上要守齋戒，是不
能進食的，現在打破齋戒，早上吃東西，自然而然 breakfast 就成了早
餐，因此 "break" 與 "fast" 就合成了 "breakfast"。

* breakfast ['brɛkfəst]　早餐。

請注意發音，並非將獨體字的音拼在一起，若唸成[brekfæst] 就錯了!
另外我們看

* $\begin{cases} \text{smoke [smok]　煙。} \\ \text{fog [fɔg]　霧。} \end{cases}$

將此二字一併，就成了

* smog [smɔg]　煙霧。通常指空氣被污染，煙霧彌漫之意。
* breakfast 和 lunch [lʌntʃ]（中餐）一併，就成了現在很流行的一
個字[註] brunch [brʌntʃ]，這是現代懶人的飲食方式，早上貪睡，十
點多才起床吃飯，結果連中餐也省了，所以這一餐就成了早餐和中餐
的合餐，稱爲 brunch。

breakfast + lunch ⇒ brunch　（將早和中餐合併的一餐。）

還有 pine（松）， apple（蘋果），將此二字合併，就變成了另一
個字:

* pine + apple ⇒ pineapple　（鳳梨）

另外有一些字也是由兩個不同的字組合而成的:

* scholar（學者）+ ship（船）⇒ scholarship（獎學金）（22-2）

〔註〕請注意 brunch 這個字在一般字典裡是找不到的，它是現代人造出來的新字，
　　年輕人常用。

- friend（朋友）＋ ship（船）⇒ friendship（友誼） (22-3)
- pea（豌豆）＋ nut（堅果）⇒ peanut（花生） (22-4)
- coco（椰子樹）＋ nut（堅果）⇒ coconut（椰子） (22-5)
- break（打破）＋ age （年齡）⇒ breakage（破損） (22-6)
- break（打破）＋ away（離去）⇒ breakaway（掙脫） (22-7)
- break（打破）＋ down（向下）⇒ breakdown（崩潰） (22-8)
- earth（地球）＋ quake（發抖）⇒ earthquake（地震） (22-9)
- paper（紙）＋ back（背）⇒ paperback（平裝書） (22-10)
- give（給）＋ away（離去）⇒ giveaway（放棄，洩漏） (22-11)
- earth（泥土）＋ worm （蟲）⇒ earthworm （蚯蚓） (22-12)
- his（他的）＋ story（故事）⇒ history （歷史）〔註〕 (22-13)
- house（房屋）＋ duty（責任）⇒ houseduty（房屋稅） (22-14)
- home （家）＋ made（製造）⇒ homemade（自製的） (22-15)
- head （頭）＋ cook（廚師）⇒ headcook（主廚） (22-16)
- fore（前面的）＋ sight（觀點）⇒ foresight（遠見） (22-17)
- ant （螞蟻）＋ eater（食者）⇒ anteater（食蟻獸） (22-18)
- fly （蒼蠅）＋ paper（紙）⇒ flypaper （捕蠅紙） (22-19)

．．．．．．．．．．．．．．．．．．

　　以上所舉的例子，都是由兩個單獨的字合併而成的，有些字合併後，可猜出該字的意義，有些完全走了樣，根本猜不出來，這時只有多背了。

　　英文裡，除了一些類似中文的合體字之外（如以上所列舉的例子），還有許多其他的字是由字根加字首或字尾組合而成。在學習英文

〔註〕 現代女權運動者甚至對 history 一字的組合方式也持相反意見，她們認爲「歷史」一字應由 his ＋ story ⇒ history 改爲 her ＋ story ⇒ herstory。善哉!

的過程中，若能建立字根、字首及字尾的觀念，則記的生字必能成「等比級數」的增加，由一而二，由二而四，由四而八，……。目前，一般學生記生字只能做「等差級數」的增加。我們先舉幾個例子：

· determine [dɪˋtɝ·mɪn]　決定。

今加一個字首 "pre" 就成了

　predetermine [͵pridɪˋtɝ·mɪn] 預先決定。

這個字前面的 "pre" 就是字首（prefix），有「在……前」之意，加到 determine 前面有「事先決定」之涵義。而這個字的字根（root）就是 "determine"。

　請看以下用 pre 做字首的字：

· predict [prɪˋdɪkt]　預測，預知。　　　　　　　　　　（22–20）

· precaution [prɪˋkɔʃən]　預防，防備。　　　　　　　　（22–21）

· preface [ˋprɛfɪs]　開端，序言。　　　　　　　　　　（22–22）

· premature [͵priməˋtjʊr]　太早的。　　　　　　　　　（22–23）

· preclude [prɪˋklʊd]　妨礙，阻止。　　　　　　　　　（22–24）

· prejudice [ˋprɛdʒədɪs]　偏見，成見。　　　　　　　　（22–25）

　我們再看另一個字根 "dic" 或 "dict"，該二字根源出拉丁文，有「說話」的意思。由該字根加上字尾，就成了很多意義不同的字彙，例如：

· dictate [ˋdɪktet]　口授令人筆錄，命令。

· dictator [ˋdɪktetɚ]　獨裁者。

· dictatorial [͵dɪktəˋtɔrɪl]　專橫的，獨裁的。

· diction [ˋdɪkʃən]　詞藻，語法。

· dictionary [ˋdɪkʃənɛrɪ]　字典。

· dictum [ˋdɪktəm]　格言。

以上所舉，只是若干代表性的例子而已，讀者若欲更上一層樓，可參看坊間有關字根字首方面的專書。

這種由字根、字首、字尾去記生字的方法，可使讀者收到事半功倍的效果。這跟記中文字的方法是相類似的，例如在中文字中，若看到「枼」部，則該字所代表的物體大都呈扁平狀，例如「葉」、「碟」、「蝴蝶」、「牒」等。若字中有「廷」部，則該字有筆直、直立的意義，例如「挺」、「鋌」、「霆」、「蜻蜓」等。蝴蝶形如片狀，所以叫蝴蝶，而不叫「蝴蜓」；蜻蜓形如直竿，所以叫蜻蜓，而不叫「蜻蝶」。讀者若在學英文之初，就開始建立這些字根、字首、字尾的觀念，則認字的能力必然大增矣!

第23章　從諺語格言中增進字彙強化文法

多學諺語、格言，不但能增進字彙、強化文法觀念，而且由於其中隱藏著人生哲理，對待人、接物、處事都有莫大的幫助，真是一舉數得。我們列舉若干例子供做參考〔註〕：

△ Actions speak louder than words. 　　　　　　　　　　（23–1）

（行動勝於言辭。）字譯：行動說得比話的聲音還大。louder 為 loud（大聲的）的比較級。

△ All lay loads on a willing horse. 　　　　　　　　　　（23–2）

（馬善被人騎；人善被人欺。）字譯：所有的人將負擔放在一匹好馬的身上。a willing horse 比喻脾氣好，樂於助人，容易被人利用的人。lay: 放置，為及物動詞。但請注意 lie: 躺，為不及物動詞。

△ Best is cheapest. 　　　　　　　　　　　　　　　　　（23–3）

（最好的即是最便宜的。）best 為 good 的最高級。cheapest 為 cheap（便宜）的最高級。品質好的東西通常都比較昂貴些，也比較容易受到珍惜。因此，使用的壽命也會延長，折算起來，反而比較便宜。

△ Constant dripping wears away the stone. 　　　　　　　（23–4）

〔註〕筆者另編有《英文諺語格言 100 句》一書，亦為三民書局出版。對初學及進階者都有助益。

（滴水穿石。）句中的 dripping 也可用 dropping 取代，wear away 為穿透之意。

△ Courtesy costs nothing. （23-5）

（禮多人不怪。）字譯為「禮儀不費分文。」courtesy: 禮儀，cost: 花費。例如:

這些都是最基本的習語，坊間有專書介紹，讀者不妨一閱。

This pen costs ten thousand dollars.（這隻鋼筆花費一萬元。）

以前長輩常常教我們要有禮貌，遇到熟人要打招呼，有一句家鄉話是這樣說的:「叫人不賒本，舌頭打個滾。」意思是跟人打招呼，並不會虧本，只是舌頭打個滾而已。

△ The darkest hour is that before the dawn. （23-6）

（最黑暗的時刻是在黎明之前。）

句中的 that 是指 the hour，意思是 The hour before the dawn is the darkest. dawn: 黎明。

△ Dying is as natural as living. （23-7）

（死與生同樣自然。）

dying 為 die 之動名詞。live 之動名詞為 living。

△ Example is better than precept. （23-8）

（身教勝於言教。）

example: 例子。precept: 規定或命令。

△ Forbidden fruit is sweetest. （23-9）

（禁果最甜。）

forbid（禁止） forbade forbidden

forbidden 為 forbid 之過去分詞，當做形容詞之用，具有被動的意味。

△ Great oaks from little acorns grow. （23–10）

（大橡樹由小橡實長成。）

oak: 橡樹。acorn: 橡實。

這句諺語的動詞擺到句尾，應為

Great oaks grow from little acorns.

△ The hand that rocks the cradle rules the world. （23–11）

（搖動搖籃的手統治著世界。）

rock: 搖動。cradle: 搖籃。rule: 統治。

句中 that rocks the cradle 為形容詞片語，用以形容 hand，that 為關係代名詞。

△ History repeats itself. （23–12）

（歷史重演。）

repeat: 重覆。itself: 它自己。

△ It takes two to make a quarrel. （23–13）

（兩個人才吵得起架來。意即一個銅板敲不響。）

quarrel: 吵架，爭吵。

△ It takes all sorts of people to make a world. （23–14）

（世界是由各種不同的人組成的。）

sort: 種類。這句話的結構與上句相似。

△ Knowledge is power. （23–15）

（知識就是力量。）

knowledge: 知識。know: 知道。power: 權力，功率。

△ The leopard cannot change his spots. （23–16）

（江山易改，本性難移。）字譯: 豹無法改變其花斑。

leopard: 豹。spot: 斑點。change: 改變。

△ Love is blind. (23–17)

（愛情是盲目的。）

blind：盲目的。

△ Love me little, love me long. (23–18)

（愛我一點點，愛我久一點。）

little：少許。long：久遠。

△ A man of words and not of deeds is like a garden full of weeds.

(23–19)

（只說不做的人像一個長滿雜草的花園。）

full of：充滿。weed：雜草。

△ Men make houses, women make homes. (23–20)

（男人造屋，女人造家。）

house：房屋。（是具體的事物）

home：家庭。（是抽象的名詞）有時亦做副詞用，例如：

He goes home.（他回家。）而不寫成 He goes to home.（×）

△ Never judge by appearances. (23–21)

（人不可貌相。）字譯：切不以外表做判斷。

judge：判斷。appearance：外表。

△ One swallow does not make a summer. (23–22)

（一燕不成夏。）字譯：一隻燕子不能造成夏天。引申之意爲不要因看到一隻燕子就以爲冬盡春來。不可「以偏蓋全。」

△ Out of debt, out of danger. (23–23)

（無債一身輕。）字譯：沒有債，沒有危險。

debt：債。danger：危險。

△ Poverty is no sin. (23–24)

（貧窮非罪惡。）話雖如此說，人有錢總比沒錢好。常言道：「什麼都可以有，就是不能有病；什麼都可以沒有，就是不能沒有錢。」英國的 Sydney Smith 曾說："Poverty is no disgrace to a man, but it is confoundedly inconvenient."（貧窮並非人之恥辱，但卻使人極度不便。）

poverty: 貧窮。 sin: 罪惡。

△ Praise makes good men better and bad men worse.　　　（23–25）

（讚美使好人更好，壞人更壞。）

praise [prez] 讚美。

這句話的結構跟第24章「挑剔的老師（The Picky Teacher）」一文中的句子（24–4）～（24–7）相類似。good 與 bad 二字的三級為

・good　　better　　best
・bad　　worse　　worst

△ A rose by any other name would smell as sweet.　　　（23–26）

（玫瑰即使用別的名字聞起來也照樣芬芳。）

・rose [roz] 玫瑰。 sweet: 甜蜜。

這句話的主句是：

A rose would smell as sweet.

（玫瑰聞起來也同樣芬芳。）

by any other name（用別的名字）為介系詞片語，用以形容前面的主詞 rose。這句諺語的本意是東西的名稱並不重要，重要的是其本質。

△ A stilll tongue makes a wise head.　　　（23–27）

（寡言為智。）字譯：靜止之舌頭造就聰明之頭腦。

- still [stɪl] 靜止的。tongue：舌頭。wise：聰明的。

△ There are tricks in every trade. （23–28）

（行行有訣竅。）字譯：每一行業都有其竅門。

trick：特殊巧妙的方法，訣竅。例如做數學題，若能把握其中解題的竅門（trick），就能得心應手將題目解出。

trade [tred] 貿易，行業。

△ Things done cannot be undone. （23–29）

（木已成舟。）字譯：已做之事無可挽回。句中的 done 是 do 的過去分詞，做形容詞之用，所以有被動的意味。本來的句子可用關係代名詞 which 寫：

Things which are done cannot be undone.

（已經被做好的事無法被挽回。）

原來諺語的主句是

Things cannot be undone. （事情無可挽回。）也是被動的形式。

△ Words cut more than swords. （23–30）

（話比劍更傷人。）

注意這句諺語中的 word（話、字）與 sword（劍）二字的發音，剛好押韻。

- word [wɜˑd] 字、話。

- sword [sɔrd] 劍。

△ Never boast about tomorrow. You don't know what will happen between now and then. （23–31）

（別誇讚明天。你無法知道現在到那時之間會發生什麼。）

△ Let other people praise you —— even strangers；never do it yourself.

（23–32）

（讓別人讚美你 ── 甚至陌生人；絕不要自己誇自己。）

△When you are full, you will refuse honey, but when you are hungry, even bitter food tastes sweet. 　　　　　　　　　　（23-33）

（當你飽時，你會拒食蜂蜜，但當你餓時，即使是苦的食物也會味道甘甜。）

△A man away from home is like a bird away from its nest. 　（23-34）

（一個遠離家的人猶如一隻遠離窩巢的鳥。）

△A friend means well, even when he hurts you. But when an enemy puts his arm around your shoulder ── watch out! 　　　　（23-35）

（即使一位朋友傷了你，他的用意也是善良的，但是當一個敵人把手臂搭在你的肩上，你就要留意了！）

△Even if you beat a fool half to death, you still can't beat his foolishness out of him. 　　　　　　　　　　　　　　　　（23-36）

（即使你把一個傻子打得半死，也打不掉他的愚性。）

△Sensible people will see trouble coming and avoid it, but an unthinking person will walk right into it and regret it later. 　　　（23-37）

（聰敏的人會看得到困擾的來臨而迴避它，但是一個沒有思考的人會一頭栽進困擾裡而事後才後悔。）

△It is your own face that you see reflected in the water and it is your own self that you see in your heart. 　　　　　　　　（23-38）

（你在水中反射所看到的是你的臉，而在你心中所看到的是你自己。）

△Anger is cruel and destructive, but it is nothing compared to jealousy.
　　　　　　　　　　　　　　　　　　　　　　　　　　（23-39）

（憤怒是殘酷而有破壞性的，但若與嫉妒相比，卻微不足道。）

△It is better to have wisdom and knowledge than gold and silver.

（23–40）

（有智慧和知識比有金銀好。）

△Wisdom is a fountain of life to the wise, but trying to educate stupid people is a waste of time.　　　　　（23–41）

（智慧對智者而言是生命之泉，但意想去教育愚人卻是一種時間上的浪費。）

△Kind words are like honey — sweet to the taste and good for your health.　　　　　（23–42）

（佳言有如蜂蜜 — 味甜而有益於健康。）

△A lazy man will never have money, but an aggressive man will get rich.　　　　　（23–43）

（懶人絕不會有錢，有上進心的人才能致富。）

△If you are lazy, you will meet difficulty everywhere, but if you are honest, you will have no trouble.　　　　　（23–44）

（你若懶，會處處遇到困難，但你若誠實，就不會有困擾。）

△ Smiling faces make you happy, and good news makes you feel better.

（23–45）

（微笑的臉龐使你快樂，而佳音（好消息）使你感到更美好。）

△ If you are weak in a crisis, you are weak indeed.　　　（23–46）

（你若在危機中軟弱，你就真是軟弱了。）

△If you answer a silly question, you are just as silly as the person who asked it.　　　　　（23–47）

（假若你回答愚蠢的問題，你就跟問問題的人一樣愚蠢。）

△Anyone who loves knowledge wants to be told when he is wrong. It is stupid to hate being corrected. (23–48)

（任何熱愛知識的人在他有錯時希望有人告訴他。討厭被人糾正才是傻子。）

以上很多諺語格言取材自 *Good News* （Bible）中 Proverbs 篇。讀者可參閱：*The Bible in Today's English Version.*

第24章 幾篇特選的
短文和短句

　　學習一種語言的目的在於會聽，會說、會看（讀）、會寫，所以五官中，除了鼻子（nose）管嗅覺（smell）之外，其餘四官都用上了，即

- eye（see）⇒ read（讀），用眼看，不一定唸出聲來。
- ear（hear）⇒ listen，用耳聽。
- tongue（taste）⇒ speak，開口說。
- finger（feel）⇒ write，用手指頭執筆寫。

其中「讀」較容易，「寫」最困難。任何一種語文都是如此。在寫的方面，英文翻成中文較簡單，中文翻成英文較艱難，這又牽涉到文法、詞彙等問題，其中又以文法較難。學英文就像建大廈一樣，詞彙猶如材料，文法猶如結構，如何用最少的材料，根據力學結構的原理，建造出最美觀最實用的大廈，那就是藝術；如何用最少的字彙，根據文法的規則，寫出美而有內容的文章，也是藝術。人生何嘗不是如此？如何利用最短的時間、最少的能源、最小的物質消耗，過最美好的生活，更是藝術。

　　請看以下幾篇特選的短文和短句：

一、挑剔的老師
（The Picky Teacher）

　　這是一篇有趣的短文。請先看中文內容:

　　有一位中學的老師，總喜歡選程度最差的班級教。有人問為什麼，他毫不猶豫答道:

　　「好班教好了是『正常』。

　　好班教壞了是『罪惡』。

　　壞班教好了是『奇蹟』。

　　壞班教壞了是『當然』。」

　　於是有人問他:「那閣下是為了製造『奇蹟』啦?」這位老師微笑著說:「那是『當然』! 」

　　這篇文章的英譯如下，要留意 It is … to … 之句型。

A teacher teaching in a junior high school tried his best to choose the worst class with the worst students to teach.（24–1） He was asked why he did so.（24–2） He answered without hesitation,（24–3）

"It is 'normal' to make good students good.（24–4）

"It is 'sinful' to make good students bad.（24–5）

"It is a 'miracle' to make bad students good.（24–6）

"It is 'natural' to make bad students bad."（24–7）

Then he was asked, "So you want to make a 'miracle', right?"

（24–8）

The teacher answered with a smile, "That's 'natural'!"（24–9）

　　文中第（24–1）句 teaching in a junior high school 為分詞片語，做形容詞之用，形容前面的 teacher 一字。tried his best「盡力」，「盡可能」。the worst class with the worst students 中底線部分是介詞帶動的片語，稱為介詞片語，用以形容前面 class 之用。with the worst students 中的 with 可做「有」解，這句片語是「有最差的學生的最差班級」。

　　第（24–2）句中 He was asked.「他被問。」過去式被動。why he did so「他為何如此做」。若是「為何他如此做呢？」就要譯成 "Why did he do so?" 例如「他被問為何來這裡。」是 "He was asked why he came here." 但「他為何來這裡？」是 "Why did he come here?" 這種寫法請參看〈適當地使用六個 W 和一個 H〉（第 17 章）中的說明。

　　第（24–7）句中的 natural（自然的）是由 nature（自然）而來。有很多名詞加了 al 就變成形容詞，例如：

- nation （國家） national（國家的）
- industry （工業） industrial（工業的）
- convention （傳統） conventional（傳統的）
- condition （條件） conditional（有條件的）
- conversation （會話） conversational（會話的，健談的）
- education （教育） educational（教育的）
- form （形式） formal（正式的）

這類的例子太多，不勝枚舉，各位可多留意。

　　第（24–8）句中的 miracle ['mɪrək!] 奇蹟，該字的形容詞為 miraculous [mɪ'rækjʊləs] 神奇的，不可思議的。

二、我何須工作？
（Why Should I Work?）

　　這是一篇耐人尋味的笑話，深藏人生哲理。請先看中文大意：

　　一日下午，有一位西方老者到東方的國度旅行，見一東方青年閒坐樹下，無所事事。於是趨前問道：「嗨！年輕小伙子！爲何閒散於此，不去工作？」年輕人答道：「我何須工作？」老者道：「年少時工作，並且努力工作，到年老時就會存一大筆錢。」

　　年輕人問道：「年老時多金，何用之有？」老者答道：「其用處乃是我現在所處的情況，有了這些我存的錢，我就不須工作了。」

　　年輕人笑道：「那不就正是我現在的情況嗎？我沒有工作做，我也不須工作。」

　　這篇文章的英譯如下：

　　One afternoon, an old westerner travelled in an oriental country where he saw a youn man that sat relaxed under a tree.（24–10）　He wondered why the young man idled around in the daytime instead of going to work.（24–11）

　　He went to the young man and asked, "Hi, young man! Why do you sit here and not go to work?" "Why should I work?" replied the young man.（24–12）The old man said," If you work and work hard when you are young, you will have saved a lot of money when you are old."（24–13）

　　The young man asked, "What's the use of a lot of money when you

are old?" The old man answered, " The use is to be in the position I am now. (24-14) With the money <u>I have saved</u>, I don't have to work."
(24-15)

The young man answered with a smile,"That's exactly what I'm doing now. I have no work and I don't have to work." (24-16)

請看以下文句的分析:

(24-10) 句中有兩個關係代名詞where 和that 。事實上,這句話是由三句組成的:

An old westerner travelled in an oriental country.

He saw a young man in the country.

The young man sat relaxed under a tree.

(24-11) 句中的wonder有「不知道」的意思, 例如

△ I wonder why he comes here.

（我不知道他為什麼會來這裡。）

・idle around　閒散，蹉跎歲月。

・instead of 而不。

of 是介詞，後面要接受格，所以 go 須加 ing 變成動名詞，才能做受格之用。舉一實例：

△He stays at home instead of going to school.

（他留在家裡而不去學校。）

△I count my blessings instead of sheep.

（我算我高興的事而不算羊。）

（24–12）句中的 should 為 shall 的過去式，做「應該」解。例如：

△ You should work hard. You should be diligent.

（你該努力工作。你該勤奮。）

（24–13）句中有未來完成式的句型，如曲線所標示者。請參看第6章。這句話若改成條件句，則可寫成

△ If you work hard, you will save a lot of money.

（你若努力工作，你將存很多錢。）

文章中寫的是「如果年輕時努力工作，年老時就會存很多錢。」意思是年輕時就開始存錢，一直存到老年時，就會存很多錢，所以表示存錢的動作到老年時告一段落。老年時是未來，告一段落表示一動作的完成，於是用未來完成式。所以英文文法是非常合乎邏輯的。

（24–14）句型看起來似乎很奇特，is 後怎麼接 to be？我們先從以下的例句著手：

△ The first thing is to drink water.

（第一件事就是喝水。）

△ The important thing is to be here.

（重要的事是在這裡。）或

It is important to be here.

文中第（24-14）句的

The use is to be in the position.

（其用處是在這種情況中。）

I am now是附加上去的。本來可寫成：

△ I am in the position now.

（我現在正處在此情況之中。）

（24-15）句中有一關係代名詞which （或 that）省去了，即

△ With the money（which, or that）I have saved, I don't have to work.

（有這些我已存的錢，我就不須工作了。）

· have to 得，該。例如：

△ I have to leave now.

（現在我得告辭（或離去）了。）

原句中 I have saved是完成式的形式，意思是到目前為止，我已經儲存的錢。

（24-16）句是典型的英文句子，可用where、when等（參看第17章）造出類似的句子：

△ That is where I found the hive.

（那就是我發現蜂窩的地方。）

△ That is what I want.

（那就是我想要的東西。）

△ That is how I learn German.

（那就是我如何學德文的方法。）

三、黑鞋與白鞋
（Black Shoes and White Shoes）

這裡有一篇邏輯推理（但卻是歪理）的短文，讀後使人發笑。其中文法部分不難理解。

A cunning man went to a shoe-shop and asked the clerk to show him two kinds of shoes. The clerk took a pair of white shoes and a pair of black shoes from the show-window and put them in front of the man who wanted to buy shoes.

The man tried to put on the black shoes and pretended that he was not satisfied with them.He said to the clerk, "The black shoes do not fit my feet. I don't want them. Here they are." Then he tried the white shoes, and put them on and went away.

The clerk shouted in a loud voice, "Wait! Wait! You have not paid for them yet!" The man replied, "Why should I pay for them? I just exchanged them for the black shoes." The clerk said angrily, "But you did not pay for the black shoes!" The man said craftily, "You are right, my friend, I surely did not pay for the black shoes, and so I gave them back to you."

The clerk was puzzled. While he was wondering what the matter was, （24–17） the cunning man strode away with the white shoes unpaid for.

一個狡猾的人走到一家鞋店，要店員給他看兩類鞋子。店員從櫥

窗裡拿出一雙白皮鞋和一雙黑皮鞋，放在這個想要買鞋人的面前。

　　這個人試穿黑皮鞋之後，假裝對這雙不滿意。於是向店員說：「黑鞋不合腳，我不要，把這雙還給你。」然後他試穿白鞋，穿上之後就走了。

　　店員大聲叫道：「等等！你還沒付錢啊！」這人答道：「我爲什麼要付錢？我剛才是用黑鞋子換的。」店員氣極：「但是黑鞋你沒有付錢啊！」這人理直氣壯的答道：「對啊，我的朋友，黑鞋我的確沒付錢，所以我剛剛把黑鞋還給你了。」

　　店員被搞得糊塗了，當他還在想到底是怎麼一回事的時候，這個狡猾的人穿著那雙沒有付錢的白鞋大搖大擺的走了。

　　這篇短文文句平實。文法部分，只有最後（24-17）一句（劃曲線者）須加研討，它的文意是「這個狡猾的人穿著沒有付錢的白鞋大搖大擺的走了。」請看以下分析：

△ He paid for the shoes.

　　（他付錢買鞋子。）

△ This is the shoes he paid for.

　　（這是他付錢買的鞋子。）

△ She walks with a baby in her arms.

　　（她抱著一個嬰兒在懷裡走著。）

△ He ran away with a radio unfixed.

　　（他拿著一個沒修好的收音機跑走了。）

△ He went away with the shoes unpaid for.

　　（他帶著沒付錢的鞋子走了。）

四、小星星
（Little Star）

　　這是一首大家耳熟能詳的兒歌。兒時就聽到「一閃一閃亮晶晶，好像天上小眼睛，…」雖然中文歌詞是國人編的，卻很少有人知道它的英文歌詞，即使有人知道，也只是知道一段而已。事實上，Little Star 共有四段：

Twinkle, twinkle, little star.

How I wonder what you are?

Up above the world so high.

Like a diamond in the sky.

When the blazing sun is set,
and the grass with dew is wet.
Then you show your little light.
Twinkle, twinkle all the night.

Then if I were in the dark,   （24–18）

I would thank you for your spark.   （24–19）

I could not see which way to go.

If you did not twinkle so.

And when I am sound asleep.

Oft you through my window peep. 　　　　　（24-20）

For you never shut your eye.

Till the sun is in the sky.

第三段（24-18），（24-19）兩句為假設語氣：

If I were …, I would ….

（假若我是……的話，我就會……）。

假設語氣在第7章中曾經討論過，可參考翻閱。

第四段第二句（24-20）是倒裝句，而且為了配合音節和歌調，特別用 often（時常）的古體字 oft。正規的寫法是：

You often peep through my window.
ⓐ　　ⓑ　　　ⓒ　　　　ⓓ　　　　　　ⓔ

（你通常從我的窗口窺探。）

現在歌詞排列的順序是ⓑⓐⓓⓔⓒ，且將 often 以 oft 取代，唸起來非常順口。請唸（24-20）句

△ Oft you through my window peep.

五、With 與 Without 的妙喻

1. A man with a beard looks dignified.

（留鬍鬚的男人看起來有威嚴。）

2. A man with a moustache looks serious. （或 stern, powerful）

（蓄髭的男人看起來嚴肅。（或嚴厲、有權威。））

3. A married man without children can hardly get the experiences of real life.

（一個已婚卻沒有孩子的男人很難獲得真正生命的經驗。）

4. A man without hair is like a mountain without trees.

（沒有頭髮的男人就像一座沒有樹林的山一樣。）

5. A family without children is like a house without furniture.

（一個沒有孩子的家庭猶如一個沒有傢俱的房屋一樣。）

6. A man with a broken heart is like a car with a weak engine.

（一個有顆破碎的心的人就像一輛引擎無力的汽車一樣。）

7. A man with a warm heart is like the spring with warm sunshine.

（一個有顆溫暖的心的人就像一個有溫暖陽光的春天一樣。）

8. A man with an absent mind is like a drunk driver.

（一個心不在焉的人就像一個喝醉酒的駕駛一樣。）

或 A man who is absent minded is like a drunk driver.

或 An absent-minded man is like a drunk driver.

9. A woman without a man is like a fish without a car.

（一個沒有男人的女人就像一個愛四處走動的男人沒有汽車一樣。）

此句中的 fish 切不能做「魚」解，否則就鬧笑話了。fish 又指喜歡四處走動的男人。

10. A man without a wife is like a boat without a raddle.

（一個沒有妻子的人猶如一艘沒有舵的船。）

六、大鼻子歌
（Poem of Proboscis）

胡適先生的一位友人，鼻子特別大，胡適乃作打油詩一首，堪稱絕妙好詩。請看：

鼻子人人有，唯君大得兇。

虛懸一寶塔，倒掛兩煙囪。

親嘴全無分，聞香大有功。

江南一噴嚏，江北雨濛濛。

以下英譯乃筆者與昔日外國友人皮慕華同作：

A nose everyone has,

but not such a large proboscis.

A pagoda hung in the air.

Two upside-down chimneys can't be missed.

You can smell a mile away.

But you never can be kissed.

A sneeze on one Yangtze bank,

on the other felt as mist.

第一句是倒裝（inversion）的寫法，即 Everyone has a nose.

- proboscis [prə'bɑsɪs]　象鼻，比喻人的大鼻子。
- upside-down　倒過來。
- pagoda [pə'godə]　寶塔。
- chimney ['tʃɪmnɪ]　煙囪。
- sneeze [sniz]　打噴嚏。

另外跟呼吸有關的字，雖然與本篇無關，但可供作參考：

- snore [snor]　打鼾。
- cough [kɔf]　咳嗽。
- yawn [jɔn]　打呵欠。

最後一句 on the other felt as mist，亦爲倒裝句，並且其中兩個字 bank
和 it 省掉了，原來句子應爲

On the other bank, it is felt as mist.

（在江的對岸，令人覺得好似濛濛的霧氣一樣。）

七、立坐行臥
（Stand Sit Walk Sleep）

立、坐、行、臥是每天不可或缺的四個動作。中國有四大禪功，正是立禪、坐禪、行禪和臥禪四種。我們並不想在這裡介紹中國功夫，不過請看這四個字如何構出四句話來：

中文：　　　　立如松。坐如箭（鐘）。行如風。臥如弓。
英文：　　　　**Stand straight as a pine.**

　　　　　　　Sit up straight as an arrow.

　　　　　　　Walk like the wind.

　　　　　　　Sleep curved like a bow.

何以第二句不用 bell（鐘）而用箭（arrow）？因為這樣唸起來與第其四句的 bow 才押韻。中文裡用「坐如鐘」是為了押其他字的韻，松、鐘、風、弓唸起來都有韻。

- straight [stret]　直的
- arrow [ˈæro]　箭。
- bow [bo]　弓。注意當動詞用時，發音為 [baʊ] 彎，鞠躬。

八、有名的經文

Our Father in heaven:

May your holy name be honored;　　　　　　　　（24–21）

may your Kingdom come;　　　　　　　　　　　（24–22）

may your will be done on earth as it is in heaven.　（24–23）

Give us today the food we need.　　　　　　　　（24–24）

Forgive us the wrongs we have done,　　　　　　（24–25）

as we forgive the wrongs that others have done to us.

Do not bring us to hard testing,　　　　　　　　（24–26）

but keep us safe from the Evil One.　　　　　　　（24–27）

—— Matthew 6.9-13

（馬太福音第六章第九至十三節）

　　這是一篇很有名的禱告文。讀者無論是否有宗教信仰，都應熟讀，裡面的文句太美了。

- heaven [ˈhɛvən]　天堂。
- holy [ˈholɪ]　神聖的。
- evil [ˈivl]　邪惡。

字譯爲：「我們在天上的父：願祢的聖名受到尊榮；願祢的王國來臨；願祢的旨意如同在天上一般能在地上實行。給我們今日所需的食物。寬恕我們所做的過錯，如同我們寬恕別人對我們所做的過錯

一樣。不要把我們帶向艱苦的試煉，並將我們從邪惡中拯救出來。」
〔註〕

逐句說明：

（24-21）句：May your holy name be honored. 句中的 may 是「希望」、「願」的意思，例如：

May God bless you!（願神祐你！）
原句是「願祢的聖名被尊重。」

（24-22）句：May your Kingdom come. 句中的 come 要用動詞原形，因該句的真正涵義是 "I hope that your Kingdom may come."（我希望祢的王國來臨。）

（24-23）句：May your will be done. 此句與第（24-21）句相似，文法結構完全一樣，此處的 will 是名詞，「意願」、「旨意」、「意志」之意，原句的涵義是 "I hope that your will may be done."（我希望祢的旨意被實行。）

on earth　在地球上，在世上。

as it is in heaven 句中有一個字省略了，即 as it is done in heaven（如同在天上被實行）。

（24-24）句：Give us today the food（which）we need. 原句中

〔註〕筆者記得讀高一時，聽到信徒所唸的天主經，就是這一篇禱告文。只是那時是用半文言文寫的，如今還能背誦：「在天我等父者，我等願爾名見聖，爾國臨格，爾旨承行於地，如於天焉，我等望爾，今日予我我日用糧，而免我債，如我亦免負我債者，又不我許陷於誘感，乃救我於凶惡。阿門。」

這一譯文不知出自何人手筆，唸來總覺帶有洋味，今日已改寫過了。當時筆者唸到「陷於誘感」處，認為是書中印刷有誤，應為「陷於誘惑」。筆者曾經提出建議修正，卻得不到回應，而眾信徒也照唸不誤，一直唸誦別字經文，令人大惑不解。這是卅多年前的舊事，順道一提。凡事應當「過則勿憚改」也。

的 which 省掉了。給我們食物，什麼食物？是 we need （我們所需的）之食物，所以 which we need 是形容詞子句，形容食物。

（24-25）句：Forgive us the wrongs（which）we have done. 原句中省掉了 "which", "we have done" 用以形容前面的 wrongs （做錯的事）。"as we forgive the wrongs."（正如同我們寬赦這些做錯的事）"that others have done to us." 是形容詞子句，用以形容前面的 wrongs，什麼樣的錯事呢？是「別人對我們做的」錯事。

（24-26）句：Do not bring us to hard testing. 句中的 to 不是「不定詞」的 to，而是「介系詞」的 to。介系詞後面要接受格，而名詞或代名詞才可做受格。testing 由 test 加 ing 而來，是動名詞。

（24-27）句：Keep us safe from the Evil One. keep 有「保持」之意，safe：「安全的」，Keep us safe：「使我們平安」，from the Evil One：「遠離邪惡」，keep … from 為一重要片語，意思是「使……遠離……」例如：

It keeps us safe from danger.（它使我們安全而遠離危險。）

九、還算聰明的蒼蠅
（The Fairly Intelligent Fly）

　　A large spider in an old house built a beautiful web in which to catch flies. （24–28） Every time a fly landed on the web and was entangled in it, the spider devoured him, so that when another fly came along he would think that the web was a safe and quiet place in which to rest. （24–29）

　　One day a fairly intelligent fly buzzed around above the web so long without lighting that the spider appeared and said, "Come on down!" （24–30） But the fly was too clever for him and said, "I never light where I don't see other flies and I don't see any other flies in your house." （24–31） So he flew away until he came to a place where there were a great many other flies. （24–32） He was about to settle down among them when a bee buzzed up and said, "Hold it! Stupid! That's flypaper! All those flies were trapped." （24–33） "Don't be silly," said the fly, "they're dancing." （24–34） So he settled down and became stuck to the flypaper with all the other flies. （24–35）

　　第（24–28）句：一隻大蜘蛛在一間古老的房子裡做了一個大蛛網用來捕捉蒼蠅。

- spider [ˈspaɪdɚ]　蜘蛛。
- web [wɛb]　蜘蛛網。
- fly [flaɪ]　v.飛，n.蒼蠅。

第（24-29）句：每當一隻蒼蠅歇下來，纏黏在網上的時候，蜘蛛就把他吞食掉，於是其他的蒼蠅會以爲歇在這個網上安全又安靜。

- land [lænd]　n.土地，v.著陸。
- entangle [ɪnˈtæŋgl]　纏結。
- devour [dɪˈvaʊr]　吞食。

第（24-30）句：有一天，一隻還算聰明的蒼蠅在網的上方嗡嗡的飛著，久久不棲到網上，蜘蛛出來說道：「下來啊！」

- fair [fɛr]　美好的。
- fairly [ˈfɛrlɪ]　還好的。
- intelligent [ɪnˈtɛlədʒənt]　聰明的，有智力的。
- buzz [bʌz]
- light [laɪt]　（指鳥等）棲止。
- appear [əˈpɪr]　出現。

第（24-31）句：但是蒼蠅太聰明了，他說：「我絕不棲在我沒見到有蒼蠅的地方，在你的房子裡，我並沒看到蒼蠅。」

第（24-32）句：於是他飛走了，隨後來到一個有很多蒼蠅的地方。

- a great many = a lot of　許多

第（24-33）句：就當他要在他們中間落腳的時候，有一隻蜜蜂嗡嗡嗡的飛過來說：「等等！笨！那是蒼蠅紙！那邊所有的蒼蠅都是被陷進去的。」

- settle [ˈsɛtl]　v.安頓，安置。
- trap [træp]　n. 陷阱，v.陷入。

第（24-34）句：「別傻了，」蒼蠅說道，「他們正在跳舞哩！」

- silly [ˈsɪlɪ]　愚的，糊塗的。

第（24-35）句：於是他歇下去，就跟其他的蒼蠅一起黏到蒼蠅紙上了。

- stuck [stʌk]　黏著。stick的過去式和過去分詞。

這是 James Thurber 寫的一篇短文，富有很深的寓意。讀者可自行揣摩。文中的主角是蒼蠅（fly）和蜘蛛（spider）；配角是蜜蜂（bee）。兩個陷阱（trap）是蜘蛛網（web）和蒼蠅紙（flypaper）。用八句話就可寫出一篇文章，讀者可仔細欣賞其中文句的結構。

有幾個字值得一提：第（24–30）句中的 light，做名詞用時，為「光」，「燈」等；做形容詞用時，為「光輝的」、「明亮的」、「輕捷的」等；做動詞用時，為「點火」，「棲止」等。此處做動詞，文中 without lighting 乃是動名詞。例句：

△ The bird lights on the tree.（不及物動詞）

（鳥棲在樹上。）

△ He lights a candle.（及物動詞）

（他點燃一根蠟燭。）

- a lighted candle　一根點燃的蠟燭

light的三變化：

$$\begin{cases} \text{light lighted lighted} & \text{點燃（及物動詞）} \\ \text{light　lit　　　lit} & \text{棲止（不及物動詞）} \end{cases}$$

第（24–35）句中的 ⋯ became stuck to the flypaper ⋯，中的 stuck 為 stick（黏著）的過去分詞，做為形容詞之用，我們知道，過去分詞做形容詞用的時候，有被動的意味。此處 stuck 是指「被」黏著在蒼蠅紙上，所以用過去分詞。became 後面接的是補語，可為名詞或形容詞，例如：

△ He became a famous lawyer.

（他成為有名的律師。）

lawyer [ˈlɔjɚ]　律師

△ He became <u>furious</u>.

（他大怒。）字譯：他變成狂怒的。

furious [ˈfjurɪəs]　狂怒的。

十、足跡
（Footprints）

One night a man had a dream. He dreamed he was walking along the beach with the LORD. Across the sky flashed the scenes from his life. (24–36) For each scene, he noticed two sets of footprints in the sand; one belonged to him, and the other to the LORD.

When the last scene of his life flashed before him, he looked back at the footprints in the sand. He noticed that many times along the path of his life there was only one set of footprints. (24–37) He also noticed that it happened at the very lowest and saddest times in his life.

This really bothered him and he questioned the LORD about it. "LORD, you said that once I decided to follow you, you'd walk with me all the way. But I have noticed that during the most troublesome times of my life, there is only one set of footprints. (24–38) I don't understand why when I needed you most you would leave me."

The LORD replied, "My precious, precious child, I love you and I would never leave you. During your times of trial and suffering, when you see only one set of footprints, it was then that I carried you."

　　這是一篇描寫神愛世人的短文。共分四小段。起承轉結，段落分明。每段字數分配均勻恰當，確是難得的佳作。其大意如下：

　　一天晚上，一個人夢見他跟主在海邊走著。隔著天空映現出他一生的景象。在每幅景象中，他都注意到沙灘上有兩雙足跡；一雙是他自己的，另一雙是主的。

　　當最後一幅景象閃現在他眼前時，他回顧沙上的足跡，發覺在他的生命過程中，有好多次只有一雙足跡。他也覺察到每當只有一雙足跡時，正是他最迷惘、最悲傷的時刻。

　　對這一幕，他無法釋懷。於是他向主說：「主啊！祢曾說過，一旦我決心跟隨祢，祢就會永遠與我同在。但是我發現在我最艱困的時候，沙上卻只有一雙足跡，我無法了解為什麼那時候當我最需要祢的時候，祢會離我而去。」

　　主回答說：「我的寶貝好孩子啊！我愛你，我也絕不會離你而去。每當你受到煎熬痛苦，也就是當你看到只有一雙足跡的時候，那時候是我背著你在走啊！」〔註〕

本文中只有幾個字彙須加說明:

· dream [drim]　n.夢，v.做夢，夢見。

當動詞用時，其三變化爲:

· dream　　dreamed　　　　　　dreamed

或　dreamt　dreamt [drɛmt]　　　dreamt

請留意 dreamt 的發音爲[drɛmt] 而不是[drimt]!

例:

△ I dreamt I held you in my arms.

（我夢到我把你擁抱在懷裡。）

△ I dreamed of meeting her.

（我夢到我遇見她。）

· belong [bɪˋlɔŋ]　屬於。

· flash [flæʃ]　閃現。

· scene [sin]　布景，風景。

· footprint [ˋfʊt͵prɪnt]　足跡。

· bother [ˋbaðɚ]　煩擾，困擾。

· troublesome [ˋtrʌbl̩səm]　麻煩的，使人苦惱的。

· precious [ˋprɪʃəs]　珍貴的。

· trial [ˋtraɪəl]　試驗，審判。

· suffer [ˋsʌfɚ]　蒙受，受苦。

〔註〕每次讀「足跡」一文，看到最後一段最後一句話的時候，常令人感動得熱
　　　淚盈眶。神是如此默默的愛著世人，眷顧世人，幫助世人，云云眾生卻不知
　　　福、不惜福，誠然使人悲慟。筆者在形式上雖不是基督徒，但是熱愛福音。
　　　「福音」者，「幸福之音訊」也。將美好的福音傳播在人間，非僅牧師、神
　　　父、僧侶之職責，人人都有義務。一首短詩或一篇短文，常常隱含著無限的
　　　神愛，常使讀者心弦震撼，激發沈思。「足跡（Footprints）」就是這一類典
　　　型的短文。我深受感動。（I am greatly moved.）

本文的文句簡潔有力，而結尾最爲感人。第一段中

Across the sky flashed scenes from his life. 爲一倒裝句，真正的主詞是 scenes，動詞爲 flash，所以平常的寫法是：

Scenes from his life flashed across the sky.

第一段最後一句（24–36）中請留意分號（;），此一分號不可少，它表示下面的句子與前文有關，即 one belonged to him, and the other to the LORD. 其中有若干字省略了，請看下句有底線者：

one footprint belonged to him, and the other footprint belonged to the LORD.

第二段最後一句（24–37）：He also noticed that … 其中 that 後面接的是一個子句：it happened at the … times in his life. 句中的 time 加 s 或成爲 times，並不解釋成「時間」，而是「時期」，或「某一段時日」，at the lowest and saddest time 是「在最低潮最沮喪的時日裡」，這裡的介系詞要用 at。in his life 在他的生命過程中。

第三段也是最後一句（24–38）：I don't understand why when I … . 其中 why 和 when 怎可能連在一起？本來的句子可先寫成 I don't understand why you would leave me.（我無法了解爲何祢會離開我。）原句中 when I needed you most 是插進去的。原句亦可寫成 I don't understand why you would leave me when I needed you most.

第25章　可供自修的文章

一、A Letter Written by Our National Father to Henry Ford
（國父寫給亨利福特的一封信）

以下的英文信是　國父於一九二四年六月十二日在廣東寫的。

Dear Mr. Ford,

Mr. Ng Jin Ksi, the bearer of this letter, informs me that you are likely to visit China in the not distant future. Should you do so, it would give me not a little pleasure to welcome you in South China, where — it is commonly said — much of the intelligence, energy and wealth of this country can be found.

I know and I have read of your remarkable work in America. And I think you can do similar work in China on a much vaster and more significant scale. In a sense it may be said that your work in America has been more individual and personal, whereas here in China you would have an opportunity to express and embody your mind and ideals in the enduring form of a new industrial system.

I am of the view that China may be the cause of the next World War if she remains economically undeveloped and thus becomes an object of exploitation and international strife on the part of the Great Powers. For this reason I began, as soon as the Armistice was signed in Europe, to think out a plan for the international development of China with a view to its consideration by the Powers at the Peace Conference in Paris. This plan has since been worked out in my book, "THE INTERNATIONAL DEVELOPMENT OF CHINA," which was published in Shanghai in 1921 and in New York in 1922.

I now realize that it is more or less hopeless to expect much from the present Governments of the Powers. There is much more to hope , in my opinion, from a dynamic worker like yourself; and this is why I invite you to visit us in South China in order to study, at first hand, what is undoubtedly one of the greatest problems of the Twentieth Century.

Yours very truly

（Sun Yat-Sen）

以下是這封信的譯文：（譯者爲 David L. Lewis（張謝淑媛博士））
親愛的福特先生：

　　這封信的傳送者，伍眞啓先生（譯音）告訴我你想在不久的將來訪問中國。你眞來的話，我一定覺得非常榮幸地歡迎你來到中國的南方。一般地說，南方是我國許多人才與物質薈萃之地。

　　我知道，同時也讀了許多有關你在美國卓越的成就。而我想你在

中國也可以有同樣的成就 —— 可能在規模上更龐大、更重要。在某種意義上説，你在美國的工作，比較著重於私人單獨方面的進展，但是你在中國會有機會，在一種持久性的新工業制度中，發揮和實現你的心意和理想。

由我自己的觀點來看，如果中國的經濟繼續不發達，因而成為列強剝削及國際爭端的目標，那麼中國將是第一次世界大戰的起因。

為了這個緣故，我於歐洲簽署停戰條約時，就想到了一個國際開發中國的計畫（即實業計畫），準備在一九一九年的巴黎和會向列強提出。這個計畫已詳細記敍在我的著作「實業計畫」一書中。中文本在一九二一年出版於上海，英文本則在一九二二年出版於紐約。

我現已經了解，期望目前的列強政府支持，多多少少已瀕臨絕望，可是我覺得一位像你這樣奮發有為的企業家，會給我們無限的希望。這就是我邀請你訪問華南，實地研究廿世紀中一個最重大問題的理由。

孫逸仙敬上

（一九二四年六月十二日寄自中華民國廣州大本營）

二、The Historical Character I Admire Most
（我最崇敬的歷史人物）

When I was little, my father used to tell me the story about our National Father, Dr. Sun Yat-Sen, I was greatly moved by his wisdom and courage. As I grew up, I came to know more about him. Now I am a second-year student in a senior high school. I am studying the "Three Principles of the People," and I am deeply impressed by Dr. Sun Yat-Sen's intelligent and brilliant ideas for saving and reconstructing our country.

In the last 100 years, China was invaded and oppressed by foreign countries which tried their best to devour our country. China was then in great danger, she was about to perish, and the Chinese people were about to be made slaves of the foreigners. Dr. Sun Yat-Sen at this time realized that the rotten Ching Dynasty should be overthrown and China should be rescued and reconstructed. He had made up his mind to save China since he was very young.

In 1894, when he was about 28 years old, he left China, and spent the next 16 years in exile, traveling around the world in search of support for his revolutionary movement. He was once kidnapped by the Ching government in London in 1896, and this was the famous story that my father used to tell me when I was a child.

In 1905, Dr. Sun Yat-Sen first proposed his "Three Principles of the People": Nationalism, democracy, and livelihood. He helped direct no less than 10 abortive uprisings to try to overthrow the Ching Dynasty. Finally a successful revolt was accomplished in Wuchang on Oct. 10, 1911. A new and strong China was founded.

For 40 years, he devoted himself towards the aim of rescuing China. He worked so hard for our country that he got seriously sick. Even at the last moment of his life, he still murmured, "Peace! Struggle! Save China!" After his death, people found that he had nothing left for his descendant except a whole room of books. He hardly cared about his own benefit, his own health, and even his own life. He is a great man in the world.

This great man, our National Father, Dr. Sun Yat-Sen, has saved China. He has saved billions of Chinese people. We owe our freedom and democracy and prosperity to his devotion and sacrifices. I admire his perseverance, I admire his great courage and wisdom. I admire his great and general love for the Chinese people. He is the historical character I admire most.

這一篇文章是三年前筆者三子振平唸高二時參加校際英語演講比賽的講稿。請看以下翻譯。

我在小時候，父親經常跟我講國父孫中山先生的故事，國父的智慧與勇氣使我深受感動。在我長大以後，對他的了解更多。現在我是高中二年級的學生，正在讀「三民主義」。為了拯救及重建我們的國

家，國父的睿智和崇高的理想使我印象深刻。

近一百年來，中國被列強侵凌，列強想盡其所能吞噬中國。中國那時岌岌可危，瀕臨滅亡，中國人即將淪為外人的奴隸。這時國父體察到腐敗的滿清政府必須被推翻，中國一定要拯救重建。在他很年輕時，就立志要救中國。

一八九四年，當他廿八歲時，他離開中國。其後十六年間，他流亡在國外，周遊世界各國，尋求對革命運動的支持。一八九六年他曾在倫敦被清廷綁架，這就是我小時候父親常跟我說的有名的故事。

一九〇五年，國父首創「三民主義」：民族、民權與民生。他協助領導起義不下十次，意圖推翻滿清，但都沒有成功。最後，在一九一一年十月十日在武昌起義，一舉成功。新中國於焉成立。

四十年來，他致力於拯救中國的工作，他為國效力，積勞成疾。甚至在彌留時，他仍喃喃喊著：「和平！奮鬥！救中國！」在他死後，人們發覺他留給子孫的別無一物，只有滿屋子的書。他根本不計個人利益，不計他自己的健康，他甚至置個人生死於度外，他真是世上的偉人。

這位偉人，就是我們的國父孫中山先生，他拯救了中國，他拯救了億萬中國人民。他的努力和犧牲為我們換來了自由、民主和富強。我欽崇他的堅忍不拔的精神，我欽崇他的大智與大勇，我欽崇他對中國人的博愛。他是我最崇敬的歷史人物。

三、I Wish I Could Be …
（但願我能……）

At the end of the vast green field, there stands a hill with beautiful pine trees.　By the foot of the hill, there is a small pond with fish swimming in it. Around the pond are weeping willows with soft branches and long leaves hanging down over the water.

The white clouds are drifting slowly in the blue sky. A warm breeze is blowing softly.　The branches of the willows are swinging gently like pretty girls dancing. The birds are singing quietly in the pine trees.

An old man sitting on the grass under the willow is fishing with a fishing pole in one hand, and in the other, a long pipe with white smoke curling up into the clouds.

I wish I could be that man, when I get old.　I would enjoy being surrounded by the beautiful scenery.　I would enjoy leading a calm and relaxing life.

在那遼闊綠野的盡頭，有一座美麗的松林山丘。在山丘下，有一個小水塘，塘中有魚兒戲游。水塘四周有垂柳、嫩枝細葉垂在水面上。

在藍天上飄著白雲，和風徐徐吹著，柳枝像翩翩起舞的美女般輕輕的擺盪。松樹上鳥兒悠靜地在歌唱。

一位老者坐在柳樹下的草地上垂釣，一手握著釣竿，一手拿著長

煙斗，從煙斗冒出的白煙繚繞，直上雲霄。

　　當我年老時，我但願能做那老者，我願投進這美麗景色的懷抱，我願過著清靜而悠閒的日子。

四、 The Parable of The Unfruitful Fig Tree

（不結果的無花果樹之比喻）

There was once a man who had a fig tree growing on his vineyard. He went looking for figs on it but found none. So he said to his gardener, "Look, for three years I have been coming here looking for figs on this fig tree, and I haven't found any. Cut it down! Why should it go on using up the soil?" But the gardener answered, "Leave it alone, sir, just one more year; I will dig around it and put in some fertilizer. Then if the tree bears figs next year, so much the better; if not, then you can have it cut down."

從前有一個人，他有一棵無花果樹長在他的葡萄園裡。他去找無花果，但是在樹上一個都找不到。於是他向園丁說：「你看，三年來我一直到這裡在這株無花果樹上找無花果，可是我一個都找不到，把它砍倒！為什麼要讓它占用這塊土地？」但是園丁回答道：「先生，請把它留著吧，只再留一年；我會在它周圍把土掘鬆，放些肥料。假如明年它結無花果，越多越好；假如不結，那時你就可以叫人把它砍倒。」

五、 Mid-Autumn Festival and Moon Cake
（中秋節和月餅）

About one thousand years ago, the Yuan Dynasty took over the Sung Dynasty and ruled the whole country. The Yuan emperor wanted to rule the whole country forever. Therefore, he sent a Mongolian to every family as a watcher. The Mongolian treated the Sung people badly.

The Sung people hated the Mongolians very much, and they decided to kill them. They decided to kill them at the same time throughout the whole country.

But how did they do so? They figured out a tricky way. They put a piece of paper in cakes. On the paper they wrote, "KILL THE MONGOLIANS AT MIDNIGHT!"

On Mid-Autumn （August 15th, Chinese Lunar Calendar）, they sent cakes to every family, and they were asked to eat them at midnight. The people in every family split the cakes. Before they ate them, they saw the message, and did as they were asked to. The Mongolians were all killed, and the people were free again and they rebuilt their own country.

From that time on, on each August 15th, people eat cakes for recalling their victory. This custom is passed down from generation to generation. The cake eaten on that night is called moon cake, and that day is called Mid-Autumn Festival.

這是一個家喻戶曉的故事，譯文如下：

約在一千年前，元朝取代宋朝統治全國。元朝皇帝想永遠統治全國，於是，他派遣蒙古人進住每一戶做監視人，蒙古人虐待宋朝人民。

宋朝人民深恨蒙古人，決定將他們消滅。他們決定在同一時間全國一起將他們殺掉。

但是他們要怎麼做呢？他們想出一種很巧妙的方法。他們將一張紙條放在餅裡，在紙上寫道：「半夜殺蒙古人！」

到了中秋（中國農曆八月十五日），他們把餅送到每一家，並且要他們在半夜時吃餅。每戶家裡的人把餅破開，當他們在吃之前，他們看到了訊息，並且照著做了。蒙古人都被殺死，人民重獲自由，他們重建了他們自己的國家。

從那時起，在每年的八月十五日，人們為了紀念他們的勝利而吃餅。這種習俗代代相傳，在那一夜所吃的餅叫做月餅，而那一天就是中秋節。

六、 The Old Man Lost His Horse. Wasn't It Good Luck?

（塞翁失馬，焉知非福？）

Once there was an old man who lived far north in China. He had only one son. They kept a horse that worked for them.

One day, the horse ran into the wild country-side and got lost. The old man and his son went looking for it for days, but they could not find it. The neighbors heard about it and felt very sorry for them. "You have lost your only horse, which is so important to you." said one of the neighbors to the old man. "It is really unfortunate for you." said the other sadly. The old man said , "Maybe it is not unfortunate for us."

A few days later, the lost horse came back home unexpectedly with many other horses following after it, for the old man's horse was a female one. The neighbors said, "Your lost horse has come back. That is really good luck." The old man said, "Maybe not!"

Since they had so many horses, they sold some of them and got a lot of money. They didn't have to work. The son rode the horse and went hunting every day. One day, the son carelessly fell down from the horse back to the ground and hurt one of his legs. It was so badly injured that it must be amputated.

The news of the tragedy spread out rapidly, and the neighbors said to the old man, "Poor man, your son's leg has been ampulated. It's really a misfortune!" The old man said, "Maybe not!"

Several years later, a war broke out in northern China. Many young men were drafted to fight and were all killed. The son, because of his amputated leg, was not drafted, and stayed safely at home. The neighbors said to the old man, "···"

The story kept an going without an end. In our daily life, fortune and misfortune come one after another alternately. This is where the idom comes from: "The old man lost his horse. Wasn't it good luck?"

　　這也是一個大家常講的故事。當朋友遭受不幸或遺失財物時，常以這句成語勸慰。今將上文翻譯如下：

　　從前有位老人，住在中國北方，他只有一個兒子，他們養了一匹馬為他們工作。

　　有一天，這匹馬跑到荒郊走失了。老人和他的兒子四處尋找，找了好幾天，都不見蹤影。鄰人聽到這件事，感到非常遺憾。「你們丟了對你們那麼重要的唯一的馬。」其中一位鄰人對老人這麼說。「對你們真是太不幸了。」另一個鄰人很難過的這樣說。老人卻說：「也許對我們並非不幸。」

　　幾天後，那匹丟掉的馬出其不意地跑回家來，而且後面還跟來了很多馬，因為老人的馬是一匹母馬。鄰人說：「你走失的馬回來了，真是幸運啊！」老人說道：「也許不是吧！」

　　由於他們有了許多馬，他們就賣了一部分，得了很多錢，所以就不必工作了。這個兒子每天騎馬打獵。一天，他不小心從馬背上摔下，跌到地上，傷了一條腿。因傷勢嚴重，必須截肢。

　　這個悲慘的消息立刻傳開，鄰人對老人說:「可憐的老伯，你兒子的腿已截斷了，那真是不幸!」老人說道:「也許不是吧!」

　　幾年後，中國北方戰爭爆發。很多年輕人被徵召打仗而戰死，這個兒子由於已被截肢而不須徵召，很平安的留在家中。鄰人跟老人又說:「……」

　　這個故事可說個沒完沒了。在我們的每天生活中，幸與不幸交相來臨。這就是以下一句成語的出處:「塞翁失馬，焉知非福。」

七、A Speech I Made While Studying in America
（我在美國唸書時所做的一次演講）

Ladies and Gentlemen:

There is a cooperation program between Purdue University and Cheng Kung University in Taiwan. Every two years, Cheng Kung University sends two instructors to Purdue University to study in order to get their Master Degree or Doctor Degree. These two men get fellowships which are sponsored by Dr. Shreve. I am one of these two men. We are supposed to get our Master Degrees within a year and a half. I came to the States in September last year. This is the first time that I come to the United States. When I first arrived here at Purdue, I found myself falling in love with her just as I fall in love with a beautiful girl the first moment I see her.

I registered as an Electrical Engineering Graduate student, and I have been taking courses, with Electrical Engineering courses as my majors and Mathematic courses as my minors. I have been studying for three semesters and this is my last semester. I hope I can get my degree next year. After graduation from Purdue, I'll go back to my country, Taiwan, which is a small beautiful island where I came from, and that's where the Republic of China is. I'll teach in the Department of Electrical

Engineering of Cheng Kung University. I'll teach what I have learned here and hopefully I'll be a good instructor, and I hope I'll be a better instructor than I was before.

During my stay here for fourteen months, I have learned some knowledge in the field of electric circuit theory and control theory. The professors in Purdue University are very helpful and they teach very well. I also found that the American students are very friendly. I have made many American friends here. I also have a host family in Lafayette. Mr. and Mrs. Alton Jones treat me like a member of their family. During the vacations, my American friends would have me visit their families in Muncie and in Evansville. I have had wonderful time in the States.

When I go back to my country, I'll bring back not only the knowledge I have got here, but also the friendship of the Americans. Thank you!

一九六八年，我獲得美國普渡大學徐立夫（Shreve）教授獎學金，赴美唸書。次年十一月，在一次扶輪社的餐會上，徐教授囑我講話，向與會者報告旅美心得，我做了以上的演講，演講稿是事先擬好的。徐教授曾過目，並在講稿後面親筆簽名，並寫"Excellent"，那是一段美好的回憶，至今猶歷歷在目。

從前，臺灣到美國留學的學生常有機會獲得美國大學的獎學金（scholarship），申請到 scholarship，可不必兼差工作。若獎學金由教授或個人提供，這種就是 fellowship。若申請到獎學金而必須做助教（assistant）的工作，這類的獎學金稱為 assistantship。另一種獎學金的形式是免繳學費的，稱為 tuition free。順道在此一提。

以下是這篇講稿的譯文：

各位女士先生：

　　普渡大學和臺灣的成功大學有一合作計畫。成功大學每年派送兩位講師到普渡大學攻讀碩士或博士學位，此二人獲得由徐立夫教授所提供的獎學金，我是其中之一人。我們要在一年半裡取得碩士學位。去年九月我來到美國。這是我第一次來美。當我來到普渡大學時，我就覺得我愛上了她，就像遇到一位美麗的女孩子，一見鍾情一樣。

　　我註冊成為電機工程研究生，我選修了很多課程，主修電機課程，副修課程為數學。我已經讀完三學期，這是我最後一學期。我希望明年得到學位。從普渡大學畢業後，我將回到我的國家（在台灣），那是一個美麗的小島，也是中華民國的所在地。我將在成功大學電機系任教，我將教授我在這裡所學，希望我成為一個好的講師，一個比以前更好的講師。

　　在這裡的十四個月的時日中，我學到了在電路理論與控制理論領域中的一些知識。普渡大學的教授們書教得好而且很幫助我，我也感受到美國學生很友善，我交了很多美國朋友。我還有一個在拉法葉的「接待家庭」，瓊斯夫婦待我如他們家中的一分子。在假日裡，其他的美國友人會邀我去他們家作客，在蒙西以及葉紛飛，我度過美好的時光。

　　當我回國時，我不但要把在這裡學得的知識帶回去，更要帶回美國人的友誼。謝謝各位。

八、 Confucius Discourse on The Great Harmony
（孔子對大同的論述〔禮運大同篇〕）

When the great way prevailed, the world community was equally shared by all. The worthy and able were chosen as office-holder. The mutual confidence was fostered and good neighborliness cultivated. Therefore people did not regard as parents only their own parents, not did they treat as children only their own children. Provision was made for the aged till their death, the adults were given employment and the young enabled to grow up. Old widows and widowers, the orphans, the old and childless, as well as the sick, and disabled were all well taken care of. Men had their proper roles and women their homes. While they hated to see wealth lying about on the ground, they did not necessarily keep it for their own use. While they hated not to exert their effort, they did not necessarily devote it to their own ends. Thus evil schemings were repressed, and robbers and thieves and other lawless elements failed to arise. So that outer doors did not have to be shut. This was called "The age of great harmony".

大道之行也，天下為公。選賢與能，講信修睦。故人不獨親其親，不獨子其子，使老有所終，壯有所用，幼有所長。鰥寡孤獨廢疾者，皆有所養。男有分，女有歸，貨惡其棄於地也，不必藏於己；力惡其不出於身也，不必為己。是故謀弊而不興，盜竊亂賊而不作，故

外戶而不閉，是謂大同。

　　great way 是「大道」的字譯，所謂「大道」，是指至公至正之道。

　　prevail [prɪˈvel] 普遍，流行。

例如：　This custom does not prevail now.

　　（這個習俗現在已不流行了。）

　　文中 The great way prevailed.（大道普行，即「大道之行也」。）

　　community [kəˈmjunɪtɪ] 團體，公共。

　　equal [ˈikwəl] 相等的。 equally 同樣地。

　　share [ʃɛr] 分享。

　　The world community was equally shared by all.（天下被大家同等地享用。）即「天下爲公」（天下歸屬於大家。），這句英文是被動語氣。equally 是副詞，用以修飾 shared。 all 是所有的人，即 all people。

　　worthy 有價值的。 able 有能力的。

　　形容詞前加 the 變成名詞，例如：

　　The rich helps the poor.（富者幫助窮者。）

　　the worthy　有價值的人（即有賢才之人）。

　　the able　有能力之人。

　　choose chose chosen　選擇。

例如： He is chosen as our classleader.

　　（他被選爲我們的班長。）

　　The worthy and the able （賢能之士）were chosen as office-holder.

　　（賢能之士被選爲吏（主掌辦公室者。即「選賢與能」）

上句中 able 前的冠詞 the 可省掉。這句話也是被動語態。

mutual ['mjutʃuəl]　相互的。

confidence ['kɑnfədəns]　信心，信任。

foster ['fɔstɚ] 育成，助成，養。

neighborliness ['nebɚlɪnɪs]　親睦。

cultivate ['kʌltɪvet] 培養。

mutual confidence　互信。

The mutual confidence was fostered and good neighborliness（was）cultivated.　（was可略）

（助長互信並且培養親睦，即「講信修睦」。）

regard [rɪ'gɑrd]　認爲。

He regards her parents as his own parents.

（他把她的父母當做是他自己的父母。）

文中 People did not regard as parents only their own parents. 爲下句的倒裝寫法：

People did not regard only their own parents as parents.

（人們不只把自己的父母看成是他們的雙親。即「故人不獨親其親」。）

下一句是上一句的對句：

They did not treat only their own children as children.

（他們不只待自己的孩子如他們的子女。即「不獨子其子」。）

treat [trit]　對待。

provision [prə'vɪʒən]　預備，準備。

to make provision　準備。

the aged　年長者。

adult [ə'dʌlt; 'ædʌlt]　成人，大人。

employment [ɪmˋplɔɪmənt]　雇用；使用。

enable [ɪnˋebl]　使能夠。

grow up　成長。

Provision was made for the aged till their death.

（對老年人都有所準備，直到他們老死。即「使老有所終」。）
這句也是被動語態。

The adults were given employment.

（成年人給予雇用。即「壯有所用」。）

The young was enabled to grow up.

（年幼者能成長。即「幼有所長」。）

widow [ˋwɪdo]　寡婦，未亡人。

widower [ˋwɪdor]　鰥夫。

orphan [ˋɔrfən]　孤兒。

childless [ˋtʃaɪldlɪs]　無子女的。

the sick　生病的人。（形容詞前加 the，變成名詞。）

the disabled　無能力者（殘障者）。

be taken care of　被照顧。

Old widows and widowers, ⋯ were all well taken care of.（鰥夫、
寡婦、孤兒、年老無嗣獨處者、身有疾病和殘廢者，都得到妥善的照
顧。即「鰥寡孤獨廢疾者，皆有所養。」）這句也是被動語態。

proper [ˋprɑpɚ]　適當的。

role [rol]　角色。

Men had their proper roles and women（had）their homes.

（男人有適當的角色而女人有他們的家。即男人有其本分，女人
有其歸宿。也就是「男有分，女有歸」。）

be lying about　四處散置。

They hated to see wealth lying about on the ground.

（他們不願看到財物四處散置在地上。即「貨惡其棄於地也。」）

They did not keep it for their own use.

（他們不留它（指wealth）為己所用。即「不必藏於己。」）

necessarily　必須地。

exert [ɪgˋzɝt]　盡（力），用（力），施（力、影響等）。

例句：For forty years Dr. Sun Yat-Sen exerted himself to effect the national revolution.

（孫中山先生致力於國民革命凡四十年。）

devote [dɪˋvot]獻身，奉獻，貢獻。

They hated not to exert their effort.

（他們不願不盡他們的努力。即「力惡其不出於身也。」）

They did not devote it to their own use.

（他們不把它（指their effort）做為己用。to their own ends為了他們自己的目的。）

文中They did not devote it to their own ends.（他們不是為了一己之目的，即「不必為己」。）

兩句都由while 一字帶頭，while 有很多不同的用法，此處做「雖然」解。意思是「雖然不願（或雖然憎恨）見到財貨棄置於地，但也不一定要藏為己用；雖然不願（或雖然憎恨）不施展力量，但也不一定出力只是為了自己。」

scheming [ˋskimɪŋ]　詭詐的。

schemings　詭計。

repress [rɪˋprɛs]　鎮壓，抑制。

lawless [ˈlɔlɛs]　不合法的。違法的。

element

Thus evil schemings were repressed.

（因此陰險的詭計被壓抑了。即「謀弊而不興」。）

Robbers and thieves and other lawless elements failed to arise.

（強盜、小偷和其它違法的事情不會興作。即「盜竊亂賊而不作」。）

have to　得;必須

例如：He has to find his own food.

（他得去尋找他自己的食物。）

have to be shut　得被關上，必須被關上

例如：The door does not have to be shut.

（門不必關上。）

So that the outer doors did not have to be shut.

（所以外門可不必關上。即「故外戶而不閉」。）

great harmony　大和諧，即大同。

the age of great harmony　大同的時代

This was called "The age of great harmony".

（這叫做大同的時代，即「是謂大同」。）

「大同世界」為 "the world of great harmony"，字譯為「大和諧的世界」。世界和諧，則天下太平；國家、社會、家庭和諧，則國泰民安；身體和諧，則個人健康快樂。這種和諧的觀念，不僅可用於人，亦可用於萬事萬物，甚至可用到讀英文上，讀者可自行體會。

　　寫到這裡，筆者感觸良深。我一直憧憬著大同世界的美景，而最喜歡的古文就是〈禮運大同篇〉：大道之行也，天下為公，……。

這是一幅多麼美好的遠景，這樣的世界遠景太美了，意境太高了。也許由於理想太高，可能永遠追求不到，像一顆遠在天邊的星星，可望而不可及。不過，人生的目的就是在追求一個「美」字，也就是在追求那顆遙不可及的星星（to reach the unreachable star）！

附錄一　音譯英文宜力求簡化

　　將英文根據發音譯成中文，常見的例子是外國的人名、地名或科技上的名詞或術語。例如美國有位總統甘迺廸，並非姓甘名迺廸，甘迺廸是由 Kennedy 一字照音譯出來的，這位總統的完整姓名是 John F. Kennedy，John 才是他的名字，是 first name；F. 是 middle name（中間名字），通常是聖名，一般是受洗後取的名字，與信仰有關。Kennedy 是 Family name，才是姓，所以甘迺廸只是把姓照音譯出來而已。另外像 Bush 總統就譯成布希，雷根（Reagon）總統，華盛頓（Washington）總統等。

　　地名譯成中文的例子也很多，像臺灣（Taiwan），Candada（加拿大），意大利（Italy），紐西蘭（New Zealand），紐約（New York），印第安那（Indiana），芝加哥（Chicago），俄亥俄（Ohio），日本（Japan），星加坡（Singapore）等，都是由音譯出來的。

　　在科技名詞的翻譯上，爲了書寫方便，應力求簡單明瞭，而且用字要越簡潔越好。例如在電學中有一種電路元件叫 Zener diode，有些書上譯成「稽納二極體」，事實上，根據該元件之電的特性，譯爲「忍納二極體」最爲傳神，而且寫「忍」比寫「稽」要簡單得多。最近很受歡迎而最流行的控制是 fuzzy control，有人將 fuzzy 一字照它的含意譯成「模糊」或「朦朧」，所以 fuzzy control 就譯成了「模糊控制」，真是把人弄「模糊」了。這個字中國大陸就譯得很傳神，將 fuzzy 譯成「乏晰」，缺乏清晰，不就是「模糊」嗎？所以「乏晰控

制」或「乏晰理論」聽起來總比「模糊控制」或「模糊理論」要好得多，這方面我們應該有「他山之石，可以攻錯」的觀念。

　　另外在英文字的音譯方面也應以用字筆畫簡單為宜，例如 "Darlington" 一字若音譯為「達靈頓」，寫起來多費時費事，若能譯成「大令登」就簡單多了。"Wheatstone" 一字原來譯為「惠斯敦」，今已譯為「惠司同」，簡化不少。

　　我建議讀者，日後若有將英文音譯為中文的工作機會，請盡量用筆畫少的國字，如此可避免無謂的浪費，節省寶貴的時間。

附錄二　子曰……（Confucius says…）

以下列舉幾段孔子曾說過的話，以供參考：

1. Do not do to others what you would not want others to do to you.

   （己所不欲，勿施於人。）

2. Learning without thinking is labor lost; thinking without learning is perilous.

   （學而不思則罔；思而不學則殆。）

3. We don't know yet about life, how can we know about death ?

   （未知生，焉知死?）

4. In education, there are no class distinctions.

   （有教無類）

5. We don't know yet how to serve men, how can we know about serving the spirits ?

   （未能事人，焉能事鬼?）

6. Those who know the truth are not up to those who love it;

   those who love the truth are not up to those who delight in it.

   （知之者不如好之者；好之者不如樂之者。）

7. Those who are born wise are the highest type of people;

   those who become wise through learning come next;

   those who learn by overcoming dullness come after that.

   Those who are dull but still won't learn are the lowest type of people.

8. Having only coarse food to eat, plain water to drink, and a bent arm for a pillow, one can still find happiness therein.

Riches and honor acquired by unrighteous means are to me as drifting clouds.

（飯疏食，飲水，曲肱而枕之，樂亦在其中矣。不義而富且貴，於我如浮雲。）

大意是「吃粗糧，喝清水，彎著胳膊做枕頭，也感到樂在其中。由不義得來的財富權勢，對我而言猶如天上浮雲一樣。」

9. Virtue never stands alone. It is bound to have neighbours.

（德不孤，必有鄰。）

大意是「有德行的人不會孤單，一定會有夥伴。」

10. The man of wisdom is never in two minds; the man of benevolence never worries; the man of courage is never scared.

（智者不惑；仁者不憂；勇者不懼。）

大意是「有智慧的人從不迷惑；有德行的人從不憂慮；有勇氣的人從不畏懼。」

附錄三　一篇科學古文的聯想

（請參看第 28 頁註 2）

　　我們很難想像，在古文觀止裡，竟有一篇闡述「科學精神」的文章，那就是唐宋八大家之一蘇軾所寫的「石鐘山記」。文中大意是這樣的：

　　在鄱陽湖口，有一座山，叫做石鐘山。這座山為什麼用「鐘」來命名呢？有人說那是由於山下有深潭，風吹浪起，水石相撞，發出宏鐘聲，所以取名為石鐘山，不過這種說法，常令人懷疑，因為即使把鐘放在水裡，雖有大風浪，尚且不能發出聲音，更何況是石頭呢？後來有人在潭上發現兩石頭，用鼓槌敲擊，會發出聲音，鼓槌停了，仍然餘韻裊裊，自以為找到了石鐘山命名的原因。但是這種說明更使人懷疑，因為石頭經敲擊而能發出聲音來的，到處都是，唯獨這座山用「鐘」來命名，必定有它的原因。最後，這個謎底終於被蘇軾揭開了。

　　過程是這樣的：在一個月夜裡，蘇軾和他兒子蘇邁囑舟人駕小船到那座名叫「石鐘山」的絕壁下，抬頭仰望，只見巨石側立千尺，如猛獸奇鬼，陰森可怕，而山上棲息的鶻鳥，聽到人聲，驚動飛起，在天上悲鳴。還有一種鸛鶴的叫聲，像老人的咳嗽、笑聲，令人恐懼。正當他們想要掉頭回轉，突然從水面傳來巨大的聲音，像延續不斷的鼓聲，舟人大驚。蘇軾定下神來，仔細察看，發現山下有很多石頭縫，有深有淺，波浪沖打進去，又退流出來，進進出出，澎湃激盪，

發生像宏鐘噌吰的聲音。當船回到兩山間，將要駛進港口時，發現一塊大石，砥柱中流，上可坐百餘人，中間是空的，還有許多小孔和風浪相吞吐，有窾坎鏜鞳聲，和石縫裡發出的噌吰聲，相互應答，好像音樂演奏一般。這時蘇軾恍然大悟，回頭向蘇邁說：「事情不親眼看到，親耳聽到，但憑一己的意念判斷其有無，這樣行嗎？」

後來蘇軾又感慨說道：「讀書人只會說，只會寫，卻不肯把小船停泊在絕壁之下，親自觀察體驗，所以無法了解事實的真相。一般漁夫水手，雖然知道其中的道理，卻寫不出來。這便是世上有很多道理無法留傳的緣故啊！」

看了上面「石鐘山記」一文的大概內容，我們不禁拍案驚歎，現在我們所一再提倡的「科學精神」原來早已寫在這篇古文裡。若不是蘇軾用科學精神探究問題的真相，後人可能還一直認為石鐘山的命名是由於水石相搏而來的。其實，根據科學觀念，這種如宏鐘的聲音是由水浪拍打到石縫隙所形成的「共鳴」作用而發出來的。這一篇集地理、物理、科學精神於一文的傑作，給予國人很大的啟示。

細讀「石鐘山」記，緬懷先人，使我們聯想到由於滿清末年的衰微，導致列強侵凌，國人的民族自信與自尊因而喪失殆盡，從而產生崇洋、自卑的心理，對外國的一切，無不奉為瑰寶；相反的，對自己優越的傳統文化和思想哲理，卻視同敝屣，棄之唯恐不及。其實，這些傳統文化和思想哲理，如同一座寶山，這座深藏精華的寶山如果被視為象徵陳腐爛舊的垃圾，身為「優秀民族」的我們這一代中華兒女，真不知有何等的感慨。

「石鐘山記」雖然是一篇古文，但是它卻闡述科學精神，激發我們民族的自信心，它只是這座寶山裡的一塊玉石，山裡還有其它無窮的寶藏，亟待我們一同去開採、挖掘。